U0933994

WHEN I FELL FROM THE SKY

她的空难和她

[德] 朱莉安·科普克 —————— 著　普贝琪 —————— 译

JULIANE KOEPCKE

北京联合出版公司
Beijing United Publishing Co.,Ltd.

致我的母亲

……

她把自己短暂的一生献给了秘鲁的鸟类，

却不幸地过早离开了我。

目录

Contents

重获新生

之所以有很多人好奇我怎么还敢登上飞机，是因为我很罕见地从一次高空空难中幸存了下来。那场灾难发生在秘鲁雨林之上三千米的高空。我从天空坠落之后，又独自在雨林中熬过了十一天。当时，我刚满17岁。

我现在56岁[1]，到了该回忆过去的年纪，也是时候抚触我从未愈合的陈年伤疤，和别人分享那些历经岁月还依然鲜活的记忆了。我是那场空难中的唯一生还者，它影响了我之后的人生，给我的生活指明了新的方向，最终带领我走到了现在。事故发生后，全世界的报纸上都写满了我的故事，其中有很多添油加醋的信息，有些报道甚至和事件本身没有多少关系。因为这些报道，至今还不断有人

1 朱莉安·科普克出生于1954年，她于2011年出版了德文原版书，当时仍未满57周岁。为更好地呈现原书内容，本版本沿用了德文原版书中的时间文本。后同。

和我谈起那场空难。似乎每个人都知道我的故事，但很少有人真正了解当时的真实情况。

我在所谓的“绿色地狱密林”中挣扎了十一天，成功逃生之后依然热爱着雨林，这似乎有些难以理解。但事实上，对我来说，雨林从来不是“绿色地狱”。当我从高空坠向地面时，是雨林救了我一命。如果没有雨林枝叶的缓冲，我不可能躲过飞机坠向地面时的致命冲击。在我昏迷的时候，雨林为我遮蔽了热带的毒辣日头；在我醒来后，它帮我从原始荒野中找到了回归文明社会的路。

假如我从小就在城市里长大，也不可能死里逃生。不过我很幸运，小时候就在原始森林里生活过几年。1968 年，我父母实现了他们的梦想，他们在秘鲁的雨林里建立了一所生物研究站。那时候我 14 岁，不太情愿地离开了利马市[1]的朋友们，背着大包小包，和我家的狗、虎皮鹦鹉一起搬进了“荒蛮之地”。印象里，我从很小的时候就和父母一起远行考察了。

搬进雨林的过程是场实打实的冒险。一到地方，我就出乎意料地爱上了那里简朴的生活。我父母参考当地一种鸟类的名字，把研究站叫作“潘瓜纳”。我在那里生活了快两年。其间，我跟着父母上课，也去原始森林里学习，在那里了解雨林的法则，认识雨林的

1 秘鲁的首都。

居民。我熟悉了植物的世界，也探索了动物的世界，这是我作为两位著名动物学家的女儿的收获。我母亲玛利亚·科普克是秘鲁杰出的鸟类学家，我父亲汉斯-威廉·科普克著有一部重要的作品集，书中总结了动植物界的生命形态。在潘瓜纳，原始雨林就是我的家，我从那里知道了雨林里什么是危险的，什么又是安全的，熟练掌握了极端环境下的生存法则。在我还是个小孩的时候，我就敏锐地意识到了这片生物栖息地惊人的美，而且它的丰富性和多样性在世界范围内也是数一数二的。

在那段极为特别的日子里，我和雨林的牵绊变得更深了。我在远离人类居所的热带雨林中心度过了十一天，其间没听到一丝人类的声音，也不知道自己究竟身处何地。我和雨林之间建起了一条纽带，直到今天，它依旧深深地影响着我的生活。我很早就明白，人们害怕自己不了解的东西，即使对其价值一无所知，人们也要全盘否定自己害怕的东西。在独自回到文明社会的漫漫长路上，我常常感到害怕，但这种恐惧没有一次来自雨林。我坠落在雨林中，对此它也无可奈何。自然不会在意我们的存在，也不会因为我们的存在而改变。相反，那十一天的亲身经历告诉我，如果没有自然，我们人类就无法生存。

正因如此，我决定把保护这个独一无二的生态系统作为我终生的使命。我全心全意地接受了父母的遗产，其中就包括潘瓜纳研究站。现在，我在研究站继续进行着他们的工作。如今的潘瓜纳拥有它有史以来面积最大的雨林，当务之急是在这片区域建立一个自然保护区。如此一来，不仅我父亲为之奋斗了数十年的人生理想可以实现，而且我们也能为保护亚马孙雨林和对抗全球性气候灾难做出巨大贡献。作为地球的“绿色之肺”，雨林里藏着诸多罕为人知的秘密，并且对这个星球上的一个年轻物种——人类的存续至关重要。

那场空难发生在1971年，距离现在整整四十年。这些年里，我的“空中灾难”常常成为媒体写作的主题，报纸上写满了我的经历，“朱莉安的故事”也因此广为人知。虽然有一些优质的报道，但可惜也有很多与事实相去甚远。曾有一段时间，我甚至被媒体的关注压得难以呼吸。为了保护我自己，多少年来我从不发言，拒绝了所有采访，并躲了起来。现在是时候打破沉默，告诉大家真相了。

此刻的我正带着行李，坐在德国慕尼黑机场，准备踏上一场重要的旅程。这趟旅行对我有两重意义：实现建立潘瓜纳自然保护区的目标，以及抚平我过去的伤痛。这样，过去、现在、将来便巧妙地联结了起来，很多事情也有了更深刻的含义，比如我当时的遭遇，还有为什么偏偏我是那场空难后唯一幸存下来的人。

接着，我坐在了机舱里。有很多人不明白我怎么还敢登上飞机，我想说这靠的是意志力和自我管理能力。我要回到雨林，我就必须这么做。

飞机开始滑行，慢慢升起，我们离开地面，钻入慕尼黑上空厚厚的云层深处。我向窗外远眺，突然间看到了……

和动物一起  度过童年

我看到了浓密的黑云和闪电。我们遇到了一场激烈的雷雨，而飞机笔直地飞进了风暴中心。飞机只得任凭飓风摆布。行李和包装精美的圣诞礼物从行李架上滑了下来，花束和玩具通通掉到了我们身上。飞机毫无预兆地陷入下沉气旋里，又猛地升起。机舱里顿时充满了惊恐的尖叫声。突然之间，一道刺眼的闪电劈在了飞机的右翼上……

我深吸一口气。头顶的指示灯亮了，我可以解开安全带了。我们刚刚离开了慕尼黑，飞机正在飞行。落地后，我和丈夫在马德里转机，登上了前往利马的航班。接下来，我们将经由葡萄牙离开欧亚大陆，横跨大西洋。我将要提心吊胆地在万米高空中度过十二个小时。这是我回到出生地的必经之路。即使是坐廉价航空，跨过半个地球的旅行也绝非儿戏。我不仅要飞到另一个洲，还要跨越时区和季节。我们这里春意盎然的时候，秘鲁的秋天刚刚开始。在秘鲁境内，我也要体验两种不同的气候类型：利马温和的气候和雨林里的热带气候。每次回到秘鲁，我都觉得像是回到了过去，我在这里出生，在这里长大，在这里经历了那件彻底改变我人生的事情。我在那时获得了第二次生命，重生在世界上，只是这次我母亲离开了我。

母亲常常告诉我，她怀上我的时候有多高兴。我父母专心致志地搞研究，把所有的心血都献给了工作。他们在基尔读大学的时候认识了彼此。作为充满热情的生物学博士，他们在"二战"后的德国很难找到合适的工作，于是我父亲决定移居到别的国家，去研究那里尚未被研究的、丰富多样的生物。他那时的未婚妻玛利亚·冯·米库里茨-拉德奇很喜欢这个计划，博士毕业后准备紧随他的脚步离开德国。那个年代，年轻的未婚女士做出如此大胆的举动，简直是闻所未闻。我祖父无论如何也不愿意让我母亲独自远行，但她已经下定了决心，没人劝得动她。我的丈夫表示，在不爱受束缚这一点上，我完全继承了我母亲。

母亲一到达南美洲，很快就和我父亲在利马的圣费利佩教堂结了婚。我母亲是天主教徒，父亲则信新教，他们的婚礼按新教的习俗在一间小礼拜堂里举办，而不是在教堂正中的圣坛上，这让我母亲很失望；但同时他们请来天主教神父主持婚礼。跨教派的婚姻在那时还不常见。那位神父一直试图感化我母亲，让她引导我父亲"皈依真正的信仰”。他的固执惹恼了母亲，以至于她再也没有参加过天主教的礼拜。她在我出生之后也决定让我接受新教的洗礼，而不是天主教的。他们结婚的时候，我母亲还不会西班牙语[1]，听不懂婚礼仪式。有一瞬间，教堂里变得出奇安静，神父说道：“女士，你现在得说‘愿意’了。”于是两个人发自真心地说了“愿意”，这不仅是他们对彼此的承诺，也是对他们未来共同生活的承诺。

他们很快离开了原来狭小的住处，搬进了朋友的大房子。我就是在那里出生的。后来，他们在几条街之外建了一栋房子，把多余的房间租给过路的学者，自己住的地方简单地用帘子隔起来。这就是在学者圈子里闻名一时的“洪堡之家”。它位于米拉弗洛雷斯区，著名学者们曾在这里相聚，赋予了它历史意义。虽然我父母全都一心扑在工作上，但他们还是很期待我的出生。1954 年的一个星期天，晚上七点，我出生在利马米拉弗洛雷斯区的德加多医院，实现了我父亲想要女儿的心愿。我是个早产儿，出生的时候只有八个月大，一出生就被放进了保育箱。也许我父母看到了什么好兆头，决定给我取名叫朱莉安，意思是“开朗的女孩”。我觉得这个名字很适合我。

那时候，我的奶奶和我姑姑科杜拉同我们一起住在秘鲁。我奶奶的两个儿子都移居了过来，于是她也想在这里生活几年。我父亲

---

1 秘鲁的官方语言为西班牙语。

先在这里成家立业，1951 年，他的弟弟约阿希姆也决定来打拼一番。父亲的弟弟在秘鲁北部的几个大庄园里做过主管，其中有一个甚至和比利时的国土面积一样大。我父母常常去托里山区拜访约阿希姆叔叔，身为动物学家的他们对那片地区很感兴趣。安第斯山脉在这一带的海拔只有两千米，相对来说比较低，因此山东西两侧的动植物之间发生了罕见的物种交换，我父母也在那里发现了若干新的动物种类。然而，正当奶奶和姑姑准备动身离开德国的时候，约阿希姆叔叔在托里山区遭遇了意外，不幸去世。他身强体壮，却在痉挛了不到两个小时之后就离开了我们。至今我们也不清楚他是死于破伤风，还是在种罂粟的工作中被日积月累的毒素夺去了生命。然而奶奶和姑姑已经收拾好了家里的一切，最后只能决定来秘鲁。这样的话，我就能幸运地在父母以及奶奶和姑姑的陪伴下度过我的童年。她们在秘鲁待了六年，其间我姑姑在《秘鲁邮报》做了一段时间的主编。那是一家位于利马的德国报社。后来姑姑在德国有了更好的工作机会，奶奶的身体也不大吃得消，于是她们又回到了家乡。当然，这也是因为她们都想念德国了。

我在西班牙语和德语的双语环境下长大。我们在家用德语，我父母很重视我的德语水平，他们希望我能完美地掌握他们的母语。我当时不太理解，因为我在学校有个来自德国的朋友，她的德语并不算好。我和秘鲁的朋友们以及我家的女佣说西班牙语，后来在学校也用西班牙语。我父母到了秘鲁才开始正经学西班牙语，他们很快就熟悉地掌握了这门语言，但不经意间还是会犯小错误。秘鲁人都很有礼貌。有一次，我母亲想说“有辆车飞快地在拐角处转了个弯”，她把这句话逐字翻译成了西班牙语，然后有人温柔地告诉她：“你当然可以这样说，女士，但最好不要。”在西班牙语里，“飞快地”是个很粗俗的说法，很不合适女士用。等我长大了一些，发现我父亲一直在用西班牙语里的“您”称呼我。于是我跟他说，“您不能这样，我可是您的女儿！”他一下子觉得很尴尬，不得不向我坦白，他一直没掌握好西班牙语里的平语，不知道怎么用“你”来称呼别人。他是个很讲礼貌的人，没什么要用“你”来称呼的朋友，所以一直说的都是敬语。

我在利马的学校叫作亚历山大-冯-洪堡学校，是一座德国和秘鲁联办的学校。大多数课都是用德语上的，但当时的军政府坚持要用西班牙语上历史和国家地理一类的课程。当时很多秘鲁同学的家境都比我好得多，这很正常，因为穷一些的家庭根本付不起孩子的学费。尽管这样，我记忆中的学校时光还是很美好的。毕业的时候，我们必须参加秘鲁的升学旅行，去了之后就不用参加升学考试了。据说还有一个德国代表团和我们一起，路上要对我们进行考查。但一次越过安第斯山脉的飞行改变了这一切。

我从学校一回到家，就会被家里的动物包围。我母亲是鸟类学家，常常把受伤的或者中了枪的鸟儿带回家，细心照顾它们。有一段时间她研究的是䳍(gōng)类，这种鸟和灰山鹑(chún)非常相似，然而它们并没有亲缘关系，而且䳍类只出现在中南美洲。如果我们把它们的行为和南美的大男子主义做对比，就会发现很有趣的事情——䳍类里雌鸟说了算。它们同时和很多雄鸟交往，雄鸟必须乖乖接受。雄鸟筑巢、孵蛋、抚养雏鸟，雌鸟则负责保卫领地。这样一来，它们总是折腾出很大动静，雄鸟一旦想离开巢去吃点儿东西，就会立刻被雌鸟赶回蛋上去。雌鸟的羽毛有着同巧克力一样的棕色，像瓷器一样泛着光。有时候我们也要照顾刚孵出来的小鸟。我们小心翼翼地用吸管给它们喂食，它们最喜欢吃的是水煮蛋、肉末和维生素制剂的混合物。我母亲尤其擅长抚育小鸟，她照顾的所有小家伙都活得很好。我负责给它们取名字，常常能想到绝妙的点子。我给一只大壁虎取名叫“小鳄鱼皮”，我的三只䳍分别叫“皮乌普”“小靠垫”和“小眼儿”。这种鸟类来自一个奇妙的地区，名叫“洛马德拉差保护区”，位于太平洋海岸边的云雾沙漠地带。在秘鲁，有一片极为干旱的沙漠——阿塔卡马沙漠。海上的秘鲁寒流带来厚厚的干雾，名为“加鲁阿”，它会撞在安第斯山脉的斜坡上，然后带来极为茂密的植被。因此，在这些地方，沙漠的中央就出现了色彩丰富的植物岛。我父母带我去过几次，我每次看到大片灰棕色的荒漠之中居然有繁茂的绿洲，都感觉这一切仿佛是人间奇迹。我们的䳍就来自那里。

除此之外，我家还有一只叫“托比亚斯”的花鹦鹉。在我还不怎么会说话的时候，我管它叫“比欧”。在我出生之前，比欧就生活在我家了。一开始它很讨厌我，因为它很嫉妒我。我还是个婴儿的时候，喜欢一边嘟囔着“比欧，比欧”，一边往它身边凑，但它会啄我。最终它不得不接受了我。托比亚斯是只非常聪明的鹦鹉，它不喜欢弄脏自己的笼子。如果它想上厕所，就会发出一种特殊的叫声，意思是让我们把它从笼子里放出来，带它去洗手间。没错，它真的要上人类的厕所！我们把它举在水池子上，然后噗的一声它就开始“排泄”了。有一次它犯心脏病，我母亲给它喝了点儿意大利苦艾酒，帮它治好了，结果不出意料，它从此爱上了这种餐前酒。家里一来客人，托比亚斯就晃来晃去，一定要喝上一口。

母亲第一次带我去帕奇特阿河[1]的时候，我才五岁，那时我还不知道这条河对我之后的人生有多大的意义。母亲在给一位德国朋友的信里这样描述了我对雨林的热情：

“她特别善于适应环境，这让我觉得很惊讶。不管是睡在帐篷里，还是睡袋里的橡胶床垫上，不管是在沙滩上，还是在船上，她都觉得很新鲜。你再想一想帕奇特阿河畔的气氛！日光曚昽的清晨，浓雾弥漫的傍晚，吼猴的阵阵叫声，绿色河面上点缀着银光，茂盛的

1 秘鲁中东部的一条河流。

深色雨林植被在船边仿佛一堵高墙，蟋蟀和蝉藏在其中一唱一和，感觉像是回到了原始的自然里。朱莉安最喜欢的是开花的树，她喜欢树上各种各样漂亮的叶子，而且还做了标本……”

我九岁的时候，比利时的捕手查尔斯·科迪耶和他的妻子一起来拜访了我们。他们还带来了很多动物。科迪耶受世界各地知名的动物园委托，捕捉一些特定的物种作为展品。他有一只无比聪明的灰鹦鹉，名叫“卡祖库”，它是我见过的最会说话的鹦鹉。他们还有一只叫“波奇”的斗牛犬和一只叫“斯卡蒂”的猫头鹰，那只猫头鹰晚上总在浴室里飞来飞去。科迪耶先生还会多放几只老鼠在那里，让猫头鹰去捉它们。有时候它也会扑到父亲的剃须刷上，看起来太像老鼠了。灰鹦鹉卡祖库来自刚果，它每天早上都会说“早安”，晚上说“晚安”。它甚至还会说“波奇，坐下”，那只斗牛犬听到后就应声坐下，这让我感到无比惊讶。卡祖库对声音和句子非常敏感，它在“洪堡之家”待了一天后就学会了“利马有两百万人口”这句话。我很喜欢摸它漂亮的灰色羽毛，有一次被它狠狠地咬了一口——我手上至今还留着那道疤呢。可惜我家的托比亚斯在同一年因为肺部感染病死了。

那年我也病得很重——偏偏当时还在放长假！我得的是猩红热，我的小姑在和我差不多的年纪因为同样的病去世了，这让我父母非常紧张。我从小就瘦弱，身体不太好，等我在好几周之后离开病床，康复到能照顾动物们的时候，全家都松了一口气。

我从小就特别喜欢狗。我三岁时得到了一只垂耳猎犬，它叫“阿亚克斯”，我非常喜欢它。可惜我们住在城市里，没法经常带它去户外活动，而且它总是把我家的花园搞得一团糟，我们只能把它送人了。我当时难过极了。

我九岁的时候，心愿终于实现了！我们去了动物收养所，而小狗“乐宝”已经在那里等着我们了。我当时别提有多幸福了。乐宝是一条可爱的串种牧羊犬，后来它和我们一起从利马搬去了雨林里的潘瓜纳研究站，并在那里快乐地活到了十八岁。

在潘瓜纳，很多鸟儿是自己找上门来的，仿佛它们的圈子有传言，说我们这里很好。有一天，一只巨大的安第斯乌鸫(dōng)飞了进来，然后就留了下来。当时美国伯克利大学的鸟类学家正好在拜访我父母，他们就顺势给这只鸟起了个好名字，管它叫“教授”，因为它的眼睛周围有个黄色的圈，看起来像是戴眼镜的知识分子。我不喜欢“教授”这个名字，坚持叫它“法兰西丝卡”。除此之外，我家还有一只黄冠亚马孙鹦鹉和一只南美拟鹭。这种鸟类的美难以形容，它们张开翅膀的时候，就像是一张闪着光的大地色系色谱。每当有印第安人给我送来他们从巢里掏出的雏鸟，我就得照顾这些鸟儿。我按照原住民的方法，先把香蕉嚼烂，再喂进它们嘴里，这样它们就变得非常温顺了。

利马周边也有很罕见的鸟类，它们生活在人迹罕至的海湾里。

我父母经常去那里，他们观察鸟类的时候，我就在沙滩上玩儿，常常被晒伤。利马离赤道相当近，这没什么值得大惊小怪的。直到现在我的医生还说："你的背啊，晒得太狠啦。"他说得一点儿没错，那时候人们晒日光浴多不操心啊。收拾跳蚤也是，我们那时候经常随身带一罐 DDT[1]，现在根本不可能啦！

这片海滩上生活着鼠蝉蟹——一种体形非常小的螃蟹，当地人叫它们 Muymuy。Muy 在西班牙语里是"很多"的意思，重复两次表示它们经常成群结队地活动。有时候海水和沙滩的交界处挤满了这种小螃蟹，人们想下水的话，就必须光脚跨过它们。这种感觉真的很奇怪！然而我一点儿都不害怕或者讨厌大自然造物，全速从它们身上冲过去，一头扎进水里。

我父亲长途跋涉刚到利马的时候，还带了一封介绍信，这封信是写给我外祖父母一个熟人家女儿的。他衣衫褴褛地去到那家人门前，没想到这封信不仅帮他叩开了这扇门，也叩开了他们的心扉。后来，他们还成为我的教父母，他们家也成了我在利马最喜欢的去处之一，另一个我喜欢去的地方是"洪堡之家"。我母亲来到利马之后，他们还帮忙筹办了婚礼。十四岁之前我常常在他们那里度假，

---

1 中文名为"滴滴涕"，一种曾被广泛使用的合成农药和杀虫剂，因为对环境有害，现在已经被大部分地区禁止使用。

特别喜欢他们家奇妙的花园和养了金鱼的池塘，我也是在那里学会了游泳。有时候我把我的鹎装在鸟笼里一起带上，让它们在花园里到处乱跑。直到今天，我眼前还常常会出现小时候的我——一手拎着笼子，笼子里是小靠垫和小眼儿，另一只手插在口袋里，走在“洪堡之家”门口的路上。

“洪堡之家”现在已经不存在了。利马的街区和世界上其他大城市的一样，变化得特别快，出人意料。我童年生活过的街道至今依然安静祥和，但当我刚得知我家的房子不见了的时候，几乎要被悲伤的情绪所淹没。不过我很确信，人们会记得“洪堡之家”，记得那里聚集的诸多学者——鸟类学家、地理学家、研究仙人掌的植物学家，等等。他们来自世界各地，如瑞士、德国、美国，以及澳大利亚。房子里一共有三间客房，每间客房都有独立的浴室，所有到访的学者共用一间巨大的工作室、一间图书室和一个厨房。这些学者受德国外交部和 1955 年成立的德国伊比利亚美洲大学基金会的资助，秘鲁农业部则给我父母提供奖金，用于支付现场的开销。这些研究人员外出考察的时候，会把东西存放在我家，回来的时候，总有很多见闻要分享。这种时候我就特别享受。

然而我父母的亲身经历告诉他们，这种幸福是很脆弱的。在我出生后不到半年，我父母就计划着要去原始森林里进行两个月的考察，把我交给了姑姑和奶奶照顾。他们出发后的第八天，安第斯山东部的山地雨林里发生了一场事故。一辆货车撞飞了一根越洋电话的电缆，不幸的是电缆打中了他们，让他们受了重伤。父亲身上有好几处划伤，造成了脑震荡，并且还断了一边的锁骨和一根肋骨。母亲则昏迷不醒，一直大量地流血。后来检查结果出来得知，母亲的头骨骨折了，她不得不卧床休息好几个星期才慢慢恢复过来。她记不起这场事故以及之后发生的事情，失去了嗅觉和部分的味觉，还总是受头痛的折磨。即使是这样，她一康复就回去继续做她的研究工作了。“我要是看不见了，”她总是说，“那就真的糟了。”

一旦有机会，我父母就会带我和他们一起去考察。我们经常去安第斯山西侧的萨拉特，那里有一片稀疏的山地雨林，人迹罕至，很多新物种有待研究。我母亲在这里发现了一种新的鸟类，并将它们命名为 Zaratornis[1]。人们对这里的植被知之甚少，我父母则发现了很多新的植物，他们发现的一些树甚至在学界引起了很大轰动。我至今还清楚地记得这些旅行——我们先要开一大段车，然后再徒步爬上山。我到现在还是能想起来肩上小背包的重量。山一天爬不完，我们得在山腰上露宿一晚。等我们到达山上的雨林后，通常要扎营生活一周左右。为了防止人们在雨林里掠夺资源，我父母从来没有公开过进山的路线。我非常喜欢这种旅行，每次都能兴致勃勃地在

1 拉丁语，伞鸟。

大自然里忙上好几个钟头，这对我那个年纪来说可不常见。

我两岁的时候，父亲不得不动身回德国，他得去基尔考教职，还得在大学里教几门课。1956 年 12 月 27 日，他乘“熊石”号离开，在次年的 1 月 25 日到达不来梅。他之前很长一段时间都不在德国，所以在基尔大学那边遇到了一些手续上的问题，6 月份的时候才最终在汉堡大学进行了资格考核演讲。随后他很快就请到了好几年的假，条件是回来之后在大学里教课。他的资格考核论文写的是秘鲁的安第斯山脉西侧雨林的生态和生物地理情况。

似乎是因为欧洲不愿意放他走，父亲回到秘鲁的旅程显得格外艰辛。一开始他想乘“太平洋皇后”号从法国拉罗谢尔离开，船却迟迟不到。等了很久之后他才知道，这艘船撞上了珊瑚礁，得在英国维修。于是他返回巴黎，想订新的船票，却发现到年底的所有船票都卖光了。他意外地弄到了一张“露西尼亚”号的票，从戛纳启程后却在加那利群岛因为严重的机械故障抛锚了。这么一来，他不得不去找其他还有空位的船，最终找到了“艾斯卡尼亚”号，乘着这艘船到了委内瑞拉。那时候已经是 9 月 7 日了，他还得走五千千米的陆路，穿过波哥大[1]和基多[2]，才能到达利马。这趟旅程肯定会让他想起第一次去秘鲁的经历吧！不过这个我们晚点再聊。

1 哥伦比亚的首都。

2 厄瓜多尔的首都。

我有九个月没见到父亲了，难怪在他回来之后我管他叫“爸爸叔叔”！

我的童年生活里还有一个很重要的人，那就是我们家以前的女佣阿丽达。她是黑人，在秘鲁属于少数族裔，十八岁的时候去过我家。那时候我五岁，很瘦弱，什么都不愿意吃，接近傍晚的时候我常常还会在花园里转悠，嘴里嚼着点儿东西，那通常都是我没吃完的午饭。阿丽达现在快七十岁了，我每次回利马的时候都会跟她见面。我们俩总是有说不完的话，相互交流烹饪技巧，聊着聊着就会聊到过去的事情。

“你还记得吗，”我问她，“有一次有个德国科学家的蛇跑掉了，你当时还不知道它有毒。”

“当然了，”她回答道，翻了个白眼，“当时可是我在花园里发现它的痕迹的！最后是你的父亲捉住了它，还让那个科学家把它带上船了。”

我们开始回忆过去。那时候她允许我和学校的朋友一起在蜡烛火上烤棉花糖，还有一次我的一个朋友埃尔文·拉梅尔硬是说服了我，让我在餐厅里点了一块臀部的肉排。

“你压根不知道那块肉排有多大，”阿丽达笑着说，“它端上桌的时候比你个头儿都大。”

当我因为害怕传说中的图彻[1]而睡不着觉的时候，阿丽达就会安慰我。

“图彻只待在雨林里，”她说，“它根本不会跑来利马的。”

她当然也想不到，几年后我们真的搬到雨林里生活了。图彻我是一次都没见过，倒是见过一头愤怒的公牛，那时候我还不到五岁。

当时我们又在雨林里考察，和德国饲养员彼得·怀尔维奇住在一起。他给我父母的工作提供支持，同时受自然博物馆的委托，到处收养特定的鸟类和哺乳动物。每次我们去拜访他的时候，我和他的儿子小彼得都闹得周遭不得安宁。不管是机械设备，还是圈里的动物，我们都要掺和一下。我不喜欢玩布娃娃，技术上的东西对我来说有意思得多。

“来，”有一天小彼得把我拉进牛棚里，很自信地跟我说，“我给你表演一下怎么给奶牛挤奶。”

这头所谓的奶牛其实是头年轻的公牛，但当时我们俩谁也不知道公牛和母牛之间微小但很重要的差别。小彼得伸出手使劲儿“挤奶”的时候，公牛一下子发飙了，一通乱蹬踢在了我头上，踢得我滚到了牛棚的另一边。事实就是这样的，和动物一起长大，就得忍受一些痛苦。

作为动物学家的小孩，有一点比其他小孩更特别的是不太容易

---

1 秘鲁传说中的一个夜间在雨林里游荡的鬼魂。

对动物感到害怕。有一次我父母在市场上买了一条大鲨鱼，结果在它的肚子里发现了一只人手。这只手可能属于海岛监狱里试图越狱的犯人。跟旧金山附近的阿尔卡特拉斯岛差不多，那座海岛监狱是出了名的难逃出去。如果有人试图出逃，就会被一股永不停息的激流卷到大海上去，至今没人成功逃到陆地上。不过这只鲨鱼不是食人鲨，这只手也是在人死后才被鲨鱼吞下肚的。后来这条鲨鱼的肚子被清空了，放在博物馆里供人欣赏。

我还没去上学的时候，父母总在下午带我去博物馆。博物馆的大厅很开阔，旁边有高高的翼门，我在里面逛来逛去，欣赏各种各样的秘鲁动物和植物的标本。有时候展出的木乃伊让我有点儿感到害怕，后来我对这些奇怪的东西也习以为常了。

有一天我突然得知，我们要回德国了。那是 1960 年的夏天，当时我五岁，马上要头一次回到我祖先的国家。其实我们想三个人一起从大西洋上乘船航行过去，但得有人打理“洪堡之家”，招待那里的客人。我母亲想和欧洲的科学家同事见面，跟他们交流自己的成果，再加上我没法单独和我父亲一起生活五个月，她干脆就带我一起走了。我非常兴奋，因为这趟飞行据说会很有意思。我们先乘一架轰隆作响的螺旋桨飞机到厄瓜多尔的瓜亚基尔[1]，再坐着一艘装

1 厄瓜多尔第二大城市和主要海港。

香蕉的货船经过巴拿马运河去往汉堡。我看着香蕉在港口被装上船，它们看起来像是巨大的生菜头。那些皮上有一小块黄色的香蕉都会被丢进水里，然后它们又会被坐着独木船在轮船旁边转悠的当地人捞起来。我对此印象非常深刻，因为我家从来不会这么随便地就把食物丢掉。跟着水果一起到船上的还有很多动物，比如说蜥蜴、凶猛的蜘蛛和蛇。我很确定，只有我一个人很喜欢这件事，船员们一点儿都不高兴。母亲在船舱里润色演讲稿的时候，我就跑出来探索这艘船，惹得几个水手很烦。我们在大西洋上看到了鲸和飞鱼，当时我站在船舷栏杆上，被这种画面深深地打动了。这种感动一直持续到我们抵达柏林。我的外祖父母、舅舅和姨妈都生活在这里。柏林有雪、双层巴士，还有乌鸦！我指着它们对母亲说："妈妈，快看，是秃鹫（jiù）！这儿的秃鹫好小啊！"所有这些东西对我来说都很新鲜，让我很着迷。

母亲每周都要去外地，巴黎、巴塞尔[1]或者华沙，和科学家同事见面，到当地著名的博物馆工作。这些博物馆藏有一些秘鲁的鸟类填充标本，我母亲对它们很感兴趣。她出差的时候就把我留给亲人们照顾。很快就到了圣诞节，我被要求在一场小歌剧中扮演天使。我试图举双手反对却没成功，为此担惊受怕了好一阵子。最后，害

1 瑞士的第三大城市，被誉为瑞士的文化首都，有很多博物馆和各种文化设施。

羞的我挥着金色的翅膀站上了舞台，大家居然都觉得很可爱！

我又见到了我姑姑科杜拉，她当时在基尔以写作为生。让她惊讶的是，我只知道动物的学名。有一次我在画册里看见了一只猫头鹰，说道："哦，一只鸮(xiāo)[1]。"她听到之后非常生气，冲去找我母亲讲道理。她说："说实在的，玛利亚，你们可不能这样带小孩。"但当时很多动物还没有德语名字，而且我父母通常也不喜欢这些德语里的俗名，他们觉得有些很不适合这种动物，有些则容易引起误会。

那是我母亲见她父亲的最后一面。谁也没料到，他在六年后就去世了，我当时刚刚十一岁。我母亲得知之后，把自己关在房间里，撕心裂肺地哭了好几个小时。我永远也忘不掉我当时心里乱糟糟的感觉。直到她和我解释了她为什么在哭，我的心才平静下来。我小时候最糟糕的经历，就是看见母亲流眼泪。

她为人温柔，常常得抚平我父亲易暴躁的情绪。她和我父亲结了婚，献身给了科学，此外她还有很多兴趣爱好。她是南美洲最顶尖的鸟类学家之一。要到达这种高度，得付出很多时间和精力，还要有一股忘我的奉献精神。我母亲有这种特质。和她在一起的时候，我有过一段难忘的经历。那次我们在雨林里观察一只待在巢里的南美拟鹭，突然有一大群蚊子围了上来。我想打这些蚊子，但那样肯

---

1 原文为 Otus，是猫头鹰的拉丁语学名。

定会把这只罕见又害羞的鸟吓跑。这时，我母亲轻声对我说：“就算你被咬了，现在也不准动。”然后我们就一动不动地在蚊群里待了一刻钟。我母亲还对我说过：“如果你想当生物学家，你就得学会放弃。”这句话很好地总结了我们的研究工作。她和我父亲是天生一对，彼此互补。母亲去世之后，父亲完全变了个人，仿佛只剩下半个自己。对我来说，母亲的过早离世也是难以言明的痛苦，我还有很多想和她聊的东西，却再也没有机会了。

我们不小心遇上了湍流。这对我来说很不妙，非常不妙。即使我能克服自己对于空难的恐惧，这架正在大西洋上空摇晃的飞机还是能唤起我惊恐的回忆。涡轮机的轰鸣是每个飞机乘客的噩梦，而我至今在梦里还能听到这种声音，还有机翼上刺眼的亮光，以及我母亲的声音，她说道……

父亲教给我的  人生经验

“现在全都完了。”我母亲说得很平静，声调几乎没有起伏。

我握住丈夫的手，逼迫自己回到现实中来。回忆突然袭来的时候，从来都不好受。我现在握着的，真的是我丈夫的手吗？还是我母亲的？

“别紧张，”我对丈夫说，“只是点儿湍流，没什么大事。”

我们看向对方，然后都笑了，显然我比他紧张得多。但我在害怕的时候反而更容易安慰他，给他我一直缺乏的勇气。“谢谢你安慰我。”丈夫对我说，捏了捏我的手。我爱他的地方有很多，他的幽默可能是最重要的一点。

不久，湍流平息了下来，飞机平静地穿过空气，我做了几次深呼吸。

嚯，这种沿着山上上下下的飞行还真是直击灵魂啊！

“快看，”丈夫边说边指向窗外，“巴西的海岸！我们到南美大陆了！”

我回过神，看向窗外。我一直都喜欢靠窗的座位，那场空难也没让我改掉这个习惯。换句话说，能看见身下的情况反而让我更安心一些。即使这条航线我已经飞了很多次，我还是会被眼前的景象深深震撼。看上去无边无际的大西洋慢慢消失在视野外，取而代之的是同样看上去无边无际的亚马孙雨林。今天的空气格外清透，甚至能看见蜿蜒的河流在太阳下波光闪烁。其他时候，大片的雨林和大片的海浪连在一起，不分你我，连颜色都几乎一样，从我这个位置的高度看上去都是郁郁葱葱的绿色。我从天空坠落的时候，迎面而来的树冠就像西蓝花的花球，紧紧地挨在一起。不过我并不想回忆这些，于是就跟我丈夫聊了起来，说我父亲在“二战”后费了多大功夫才到达秘鲁。我们坐了十二个小时的飞机，就要抱怨腰酸腿疼，跟我父亲那时候承受的比起来，根本不值一提。如果他当时没动身去另一个新世界，我的人生历程肯定会变得完全不一样。

一切都开始于1947年。那时我父亲是一名雄心勃勃的年轻生物学家，想在生态学和动物地理学上开辟新的研究领域，因此他对生物多样性丰富的国家非常感兴趣。他考虑了南美洲，还有斯里兰卡。

出于务实的本性，他先给利马的大学写了一封信，问他们一个年轻的动物学博士能不能派上用场。信是用德语写的，因为他那时候还不会西班牙语。他还写了一封类似的信，寄到了厄瓜多尔。当时“二战”刚结束两年。他灰心丧气地等了一年，收到了利马自然历史博物馆的回复，因为他的信被转寄到了那里。他们的回复和他的问题一样简单，是的，他能派上用场，那里有份工作给他。

随着这封信的到来，父亲又经历了很多事。在“二战”后的欧洲旅行非常麻烦，对于德国人来说就更是这样了。当时的德国没有发行护照，因此也没法申请签证。我父亲尽管在利马得到了他朝思暮想的工作，却完全不知道怎么去那里。他大学时的女朋友玛利亚，也就是我母亲，和他一样对科研充满热情，下定决心要和他一起去。她坚决地对我的外婆说：“我要么和这个男人结婚，要么永远也不会结婚了！”1947 年年底，他们两人订了婚。我父亲收到来自秘鲁的邀请的时候，他们俩就知道，接受这份邀请是板上钉钉的事情了。等博士一毕业，玛利亚就会去秘鲁和他会合。

父亲揣着那份从利马寄来的信，走进了一家在德国的南美银行支行。那里的人建议他去热那亚[1]坐船，据说那里有些船主愿意让离家的德国人免费搭船。我父亲决定去试一试。他在严冬时节去了米

1 意大利北部的港口城市，是意大利第六大城市。

滕瓦尔德[1]，在那里他很快就得知，他可以从这里非法地溜进意大利。他第一次尝试跨过奥地利边境的时候，不幸摔倒了，被送进了因斯布鲁克的医院。康复之后，他忍不住又去尝试了一次。这次他很务实地从栅栏下钻了过去。之后，他有时徒步，有时搭便车，穿过了阿尔卑斯山，一路历险之后到了热那亚。他去了港口，却得知一艘去南美洲的轮船刚离开，父亲失望极了。没人知道下一艘要等到什么时候。父亲不是甘心等待的人，他又动身去了罗马，并从梵蒂冈申请到了一本红十字护照。据说拿着这本护照，他的旅行会变得简单很多。但在罗马到处都是等着去南美洲的德国人，有些人已经等了好几周，甚至好几个月。他打听到，在那不勒斯的希望更大一些，于是决定徒步去南方。然而他在路上被抓了，被关进了一所臭名昭著的战俘营。那里的意大利人用检查证件的借口，关了他好几个月。一群狱友想要说服他越狱逃跑，其中有个年轻的北美小伙，一直热情地介绍他的家乡，想让我父亲和他一起走。尽管我父亲一直都是行动派，但他并没有参与。他的选择是正确的。试图越狱的人很快就全被抓了回来，还受了很重的惩罚。不过后来，出现了一个奇迹，他经常和我讲起这件事。他一直在祈祷，希望围在他四周的墙倒下，没想到他的愿望成真了。有一天夜里雨下得很大，他所在的监狱的

1 位于德国和奥地利的交界处。

墙塌了，于是他就逃走了。当然很快有人去抓他，但他比这些人聪明，他没有想着跑得越远越好，而是藏在了监狱附近的灌木丛里。他躲在蕨类植物下面，待了一天一夜，一直等到抓捕他的行动以失败告终，他才继续逃了下去。他变得更谨慎了，基本上只在晚上赶路。白天的时候他会躲起来，或者去敲农家小屋的门，通常农民们都会热情地招待他。有一次他找到了一户以捕鸟为生的人家，这家人对他格外热情，还把他们的饭分给他。因此父亲把自己身上最后一件值钱的东西送给了女主人——一枚胸针。他准备动身离开的时候，捕鸟人告诉他不可能靠自己找到出去的路，最好跟他一起走。路上我父亲却发现，这个捕鸟人打算出卖他。好在父亲最终还是成功脱身了。

在这段历险之后，他的旅途还有很长。那不勒斯也没有离港的船，于是他又靠走到了西西里。特拉帕尼的港口停泊着很多渔船，我父亲一刻也没耽误，跟所有的船主都聊了一遍，但是没人愿意带他去非洲。

我猜很多人到这里已经没有勇气继续下去了。但我父亲有钢铁般坚强的意志，他告诉自己，如果他在意大利找不到去南美的船，那他在西班牙一定能找到。于是他沿着靴子一样的意大利半岛重新走回了北部，从热那亚继续向北，往法国方向去。他好不容易到了边境上的圣雷莫，却得知是一片雷区，根本不可能从那里越过边境。不过这种危险并不能阻止已经下定决心的他，他在一个漆黑的夜晚翻过了边境上的山，走到了尼斯。他从那里终于再一次搭上了车。他在艾克斯下了车，紧接着在下一个加油站问了一辆好车的主人能不能载自己一程。车主一听说我父亲是德国人，立刻无情地拒绝了。柜台的女收银员帮我父亲说了几句好话，他才开始同情我父亲，并答应让他搭车。后来才发现，这个车主信犹太教，这么一来他一开始的拒绝也就有了解释。他听了父亲的经历之后，甚至还给了他一百五十法郎。当时如果有人被检查的时候拿不出一百法郎，就会被当成流浪者抓起来，考虑到这一点，车主这么做实在是很慷慨。“像您这样能走这么远的人，”他在告别的时候对父亲说，“肯定也能到南美洲的。”

不过一切并没有那么容易。父亲到马赛的时候，一艘船也没找到。他听小道消息说，波尔沃每隔四五个月都会有一艘轮船出发去南美洲。他不愿意等那么久，于是决定坚持原来的计划，继续前往西班牙。

这次又有人告诉他不可能。他们说，比利牛斯山就是终点了，阿尔卑斯山和它比起来简直就是条供人散步的小路。我父亲依然没有被吓倒。他沿着一条溪流边满是石头的小路往山上走了好久，后来从风中感觉到，他身边已经是地中海的山地气候了。他成功了，他走到西班牙了！

不过在那里他必须非常警惕，独裁者弗朗哥的支持者们毫无仁义，一旦发现非法入境的外国人就会把他们送进声名狼藉的监狱里。

父亲得在白天躲起来，只在晚上赶路。

然而从巴塞罗那也没有出发去南美的船，于是父亲决定去西班牙中部碰碰运气，他一路上都远离城市，尽可能在山里行动。有一次他身处一片荒无人烟的地区，正在一棵长角豆树下休息的时候，一场暴风雨袭来了。远处的狗一只接一只地叫了起来，过了一会儿我父亲才发现，那不是狗，而是狼群。然而对他来说，人比野兽更可怕。在科尔多瓦，他本就不多的行李被偷了。他继续前往塞维利亚，在那里他头一次知道，自己去秘鲁的梦想仍有机会实现。在他出发之前，母亲的家人告诉他，他们有一个朋友的女儿在利马，他到了利马市后可以联系她。他在塞维利亚的时候，有一家德国人给他写了封介绍信，也是写给这个朋友的女儿的。两封写给同一个人的信，肯定会有点儿用的！

和父亲走过的路比起来，从塞维利亚到加的斯的路程简直算不上什么。据说那里有船去秘鲁。但他这次又晚到了几天，一艘愿意载德国人的船刚往利马方向开走了。他绝望地向遇到的每一个人讲述他的遭遇，结果从一个弗朗哥的支持者那里听说了一个协会，它会帮助出于政治原因不得不逃出欧洲的德国人离开。不过我父亲的情况并不完全是这样。所幸他很快就听说，这个协会只会让人交钱，承诺得天花乱坠，却不做一点儿实事，因此他并未去抓住这根救命稻草。很快他又听到了新的传言，说在一个叫圣费尔南多的地方，有一艘开往乌拉圭（至少目的地是南美洲）的船很快就要离港。于是我父亲连忙赶到这个小港口城市，在那里遇到了一个同样想乘船的泥水工。就在船要出发的时候，他们一起找到了这艘运盐的货船。他们俩来不及多想，就偷偷溜了上去。他们一路摸索着到了货舱里，在脸上绑好了手帕，一头扎进盐堆里，尽可能地往里面钻。就这样，我父亲结束了他的漫长征程，躲在成吨的盐里，没有合法的乘客身份，搭上了一艘前往南美洲的船。

他们坚持了整整四天。汹涌的海浪打得船颠簸不定，毒辣的阳光照射下来，盐渗透进了他们全身上下每一个毛孔……极度的口渴逐渐难以忍耐，终于，泥水工受不了了，一心只想出去。我父亲推算出船刚到加那利群岛附近，恳求他的旅伴再稍微忍耐一下，再熬一天就可以了！然而他的同伴实在是做不到，搞出了动静，很快就被抓起来了。船开到特内里费岛的时候，他们被送进了首府圣克鲁斯的监狱。我父亲有可能要被遣送回西班牙，并在那里坐很长时间的牢。不过他很幸运，十四天之后就被放了出来。随后他很快找到了一班开往巴西累西腓的船，并在几周之后抵达了南美大陆。

他终于到南美洲了，不过他要去的地方在大陆的另一边，并且他还得从大陆最宽的地方横跨过去。尽管如此，他还是表示：“哥伦布踏上美洲大陆的时候也不会有我这么高兴。”那时，他已经在路上漂泊了一年多，他怎么可能想得到接下来到秘鲁首都又要花差不多长的时间呢。

他的计划非常简单，他认为自己对徒步旅行已经很有经验了，可以直接走过5000千米到达秘鲁，中间有一段路他甚至可以坐火车。所有人都告诉他不可能这样横穿过巴西，不过我父亲一点儿也没听进去。他先穿过了大片长满了甘蔗和香蕉的种植园，然后徒步穿过了卡廷加地区700千米的热带稀树草原。他每到一个村子，都会吸引很多注意。我父亲很快就被巴西人对生活的热情所感染。“总有很多有意思的事情。”他后来这么说道。又走了800千米之后，他终于来到了巴西中部。他后来回忆起这场漫长的徒步旅行的时候讲道：“状态好的时候我一天能走四十千米，不好的时候大概三十千米。”

一直到今天，我回头看着这段路，还是很难想象我父亲当时是怎么走完的。现在我们正越过玛瑙斯[1]，飞行在亚马孙河上空。阳光下，亚马孙河蜿蜒曲折的支流闪耀着粼粼波光。我们很快就飞过了巧克力般的棕色河流上方，轻而易举地从深色的洪流中认出了最大的一条河——内格罗河。

我父亲心中只有一个念头，那就是到达他的目的地利马。他可不是在漫步，他一边赶路，一边还在观察自然。他在大学里就已经

1 巴西亚马孙州的首府。

了解了南美洲的动物，在穿过稀树草原和丛林的荒僻小路上，他还能观察之前并不熟悉的动物的生活习性和相互竞争的物种，甚至还挤出时间写了记录日志。他逐渐适应了炎热的气候，皮肤晒得黝黑，头上戴顶草帽就能混进一些村庄。只有在人烟稀少的村子里，他才会引起人们的恐慌。如果丈夫不在家，村里的女人就会丢下手头的事，逃进雨林里。即使这样，人们往往还是会热情招待他。我父亲很享受他重新获得的自由，离开了战后阴云密布的欧洲，在这里终于不用再躲躲藏藏了。“我随时随地都可以挂好吊床，休息一下。”他后来这样充满热情地回忆他的远征。他常常会走进从未有人踏足过的雨林里，这时连他也会有些怀疑，自己冒这么大的风险是否值得。但他从来没有失去过自己的信念。每当有人问他要去哪里，他都会回答“秘鲁”。绝大多数人甚至都没听说过这个地方。

终于有一天，他走到了这个地方。1950 年 5 月 15 日，他抵达了秘鲁的边境。这一天正好也是他的未婚妻玛利亚 · 冯 · 米库里茨 - 拉德奇的生日。更巧的是，从他在 1948 年 11 月 15 日和我母亲告别，到这一天，他正好在路上花了整整一年半的时间。他从边境搭了一架军用飞机，飞到了利马。不过我毫不怀疑，他绝对有勇气徒步穿过剩下的雨林，再翻过常年冰封的安第斯山脉。

父亲走进利马自然历史博物馆馆长办公室的时候，馆长很惊讶。当时离他写信求职已经过去了三年，博物馆的答复也已经是两年前的事情了。这一次，馆长的答复简明扼要：抱歉，这个职位已经招到人了。于是，我父亲又开始了一段新的历险——在这个饱受美誉的国家找到一份工作。我父亲联系了瓜阿诺公司，认为在那里有可能找到工作。这家公司靠鲣（jiān）鸟、鸬鹚（lú cí）、鹈鹕（tí hú）和企鹅粪便制成的肥料赚了很多钱，但当我父亲前去做自我介绍的时候，他们却觉得他没什么用处。他在那里认识了圣马尔科斯大学的一名院长，两人有了一些来往之后，他建议我父亲去自然历史博物馆的鱼类部门工作，还问了我父亲打算挣多少。我父亲可能在赶路的这几年里根本就没想过这回事，只说了一个小得离谱的数字。就这样，我父亲拿着微薄的工资，开始了他在秘鲁的第一份工作。这时候，我母亲正乘着一艘南海轮船“亚美利哥·韦斯普奇”号前往利马。我母亲还没到秘鲁就得知自己也能在这家博物馆工作。后来，她接管了鸟类部门。很快他们就结了婚。1950 年 6 月 24 日，至日，我父亲三十六岁生日的后一天，他们在利马对彼此说了愿意。

每当我感到失落甚至绝望的时候，或者因为坠机时留下的恐惧快要压倒我的时候，我都会回想起父亲的这段艰辛和漫长的旅程。在我看来，他的故事很好地证明了，只要自己不被打败，就会有所收获。无论是军事哨卡、错过的船、不得不翻越的高山，还是要徒步的上千千米路，都不能让自己被它们打败。“我们如果真的下定决心要做什么事情，”我丈夫突然说道，“就一定能做到。我们只要下决心就行了，朱莉安。”

他说得对。飞机坠毁之后，我下定决心要活下来，我也做到了这件几乎不可能的事。还能有什么更糟糕的事情发生呢？

哦，也是，还会有的。对于一个人来说，每一次挑战都是全新的。和其他人一样，我每次要把想法变成现实也得花巨大的精力。我现在全心全意地希望，潘瓜纳不仅要继续存在，还要转变成一种新的形式。我希望我父亲的愿望能够实现，这一小片土地能发展成一片自然保护区。正是为此，我克服了我的恐惧，坐上了飞机。几个小时后，我来到了我此刻身处的地方。飞机刚刚飞过巴西和秘鲁的边界，承载了我童年的国家此刻就在我身下。我的心跳变快了。再过几个小时就要到利马了。雨林渐渐从我的视野里消失，取而代之的是安第斯山脉边的小丘。飞机开始下降，抵达了利马。感谢上帝，这趟漫长的飞行终于顺利结束了。

两个世界的  生活

我松了口气。我又做到了。只要再检查一下护照，提好托运的行李，我就能看到那些熟悉的面孔了。我会得到一个热情的拥抱。埃尔文·拉梅尔是我家多年的朋友，他这次也不辞辛苦地到机场接我和我的丈夫。

去酒店的路上，我仔细感受着这座城市。利马是一座生机勃勃、多姿多彩的城市，而且一年比一年繁华。之前就已经是这样了，而现在的利马更是变得焕然一新了。说实话，我父亲在我出生前几年给我还在德国的母亲写信时就承认，“这座城市并不能算是漂亮”，但它在我的童年中却有一种独特的魅力。那时候整个城市里的建筑几乎都不超过五层楼高，这些西班牙殖民时期风格的建筑紧紧挨在一起，周围环绕着一棵接一棵的树。如今我每次来这里，都会在市中心发现新建的巨大而华丽的建筑，它们站在街道两侧，大楼门前赫然挂着银行、汽车店、赌场或者酒店的招牌。这和我童年时生活的那个温馨惬意的街区形成了鲜明对比。有一些广场和地点我几乎认不出来了。这儿的路改道了，那儿新修了一条快车道。我并不是讨厌所有新的东西，比如说在两条机动车道中间加的公交专用道，我觉得它就很实用。公交车道两边甚至还种了树，虽然它们现在还小，但可以想象它们长大之后的景象会有多么漂亮。

没错，利马的街道总是很繁忙，当地人称交通高峰为hora punta。尽管发生了这么多变化，我还是觉得自己回到了家乡。我东张西望，缠着我家的老朋友问来问去。我在德国的这些年，都错过了什么？

秘鲁一直是一个充满矛盾的地方。它以前就是这样，直到现在也是如此。我其实很幸运，出生在了一个条件很好的家庭里，小时候却没意识到这一点。那时候如果有人问我利马有没有贫民区，我肯定会生气地否认。现在我明白了，即使我父母尽量保持简朴的生活，我们家依然属于富人家庭。我生活在米拉弗洛雷斯区，这个地方到现在也是利马比较好的市区之一。成长的过程中我渐渐知道了，在离大海最远的街区里、内格拉山脉脚下，有许多人生活在贫民窟里。因此，每当我在利马学校里认识的朋友问我在德国没有用人是怎么待下去的，我都觉得有点儿错乱。这就是秘鲁的另一面：富裕的旁边是极度的贫困。埃尔文·拉梅尔介绍他在利马贫困区里的慈善工作进展的时候，也会谈到这些。他还告诉我，贫困区的孩子常常一天都吃不上一顿饭，也没机会去领儿童中心的校餐。没错，秘鲁就是这样一个充满矛盾的地方。我爱这样的现实。我为能用自己的双重身份把两个世界协调起来而感到骄傲。我住在德国，也很享受在德国的生活，但我的心和秘鲁紧紧连在一起。我爱德国，因为这里的事情通常来说运转得很顺畅。在秘鲁，我爱这里的音乐、热情幽默的人，我也很喜欢秘鲁的食物。

到秘鲁的第一天，我们就去了我最喜欢的餐厅。那里的人们非常热情地招待了我们，就好像我们上周刚刚来过一样，有一瞬间我就是这么想的。一切都像往常一样，我在德国的生活和我的秘鲁身份就像拉链的两边一样，严丝合缝地连接了起来。我点了一份 Papa a la Huancaína，也就是辣奶酪酱配土豆。我很喜欢这道菜，在慕尼黑很多次想要复刻这道菜，却因为在德国买不到正确的新鲜奶酪和做酱汁的黄辣椒，一直没有成功过。“这里的就是更好吃。”我叹了口气承认道，用舌头仔细品味着酱料。在秘鲁大概有四千种不同的土豆，白色的、黄色的、红色的、棕色的、紫色的，以及中间的各种过渡色。我丈夫点了一份浓汤，这是一种非常美味的炖菜，在利马凉飕飕的傍晚，吃下去暖乎乎的，很舒服。我有一次在一本德国画报里读到过一篇文章，《利马的完美气候》。不过我觉得，编辑可能对三重押韵着了魔，因为利马的气候远称不上完美。这里的天空常年被云覆盖着，还经常有雾，湿冷的空气直往骨头里钻。这主要是因为旁边流过的秘鲁寒流。这股来自南极洲的冰冷洋流遇到温暖的海水，产生了大量雾气。

这个地方的地形差别也非常大。从南到北的海岸线上分布着大片荒漠，紧接是高耸的安第斯山脉和高原，它们的东侧是亚马孙雨林。海岸和雨林之间的巨大差别导致我们总要带比平时多两倍的衣服——在利马穿的厚衣服和在雨林穿的清凉夏装。

海岸、山区和雨林生态环境的巨大差异也孕育了截然不同的动物和植物。我和父母一起去丛林里考察的时候，常常为之感到惊讶。没错，每次去历险我们都从利马出发，翻过安第斯山，再到雨林里，这种旅行是我童年最美好、最丰富的经历之一。

我们通常乘“安第斯之珠”公司的大巴车从利马出发。我们的行李被绑在车顶上，随后有几个年轻人爬上去，他们负责在这场穿山越岭的旅程中照看行李，保证它们不会掉下来或者被偷走。也许他家的竞争对手“华努科之狮”的行李看管服务更好一些，那家公司以安全可靠的服务出名。但我那时候还太小，不知道操心这些事情。我津津有味地看着窗外，才离开利马没多久，我们所在的海拔就已经明显增高了。不过还得八个小时的车程，我们才能抵达高耸的蒂克里奥山口。它的海拔有四千八百米，是安第斯山脉中部和南部海拔最低的山口。对于绝大多数乘客来说，这已经够高了，如果不跟别人靠在一起，恐高症都可能要发作了。有一次我旁边坐了一位挺着大肚子的孕妇，她一直吐个不停。随着海拔升高，周围本就不茂密的植被变得愈发稀疏。不过无尽蜿蜒的盘山公路边上总还是坐落着一个个村庄。蒂克里奥山口常年被积雪覆盖，很难相信，山口附近居然还有人居住，一个叫“拉奥罗亚”的小村子住着一些矿工。这个地方很荒凉，简陋的棚屋零零散散地聚在一起，彩色的波纹铁皮搭在上面作为房顶。安第斯山区的白天就已经很冷了，夜间的严寒更是深入骨髓。难怪山区高处的印第安人总是穿得那么厚实，尽可能和全家人以及家里的牲口睡在一间屋子。就算这样，鸟类学家还是在这里发现了一种蜂鸟，它们在夜间一动不动，进入一种类似冬眠的状态，体内的物质循环减缓，以此来对抗严寒。再往深处走一些，时不时就能看到野生的胡椒木，我们熟悉的红胡椒在树上长得很茂盛，还有一些其他稀稀落落的树木。越过蒂克里奥山口之后，植被又渐渐变得茂盛。这时向下望去，就能看到绿意盎然、土壤肥沃的河谷地区。

这是一段漫长的旅程。首先出现的是干旱而陡峭的荒山，山上生长着的苔藓和藻类给山体涂上了一层深色；然后路过瓦伊瓦什山脉南段的末端，这一带坐落着好几座五六千米的壮美的雪山，其中有秘鲁第二高的山。秘鲁最高的山——瓦斯卡兰山——海拔接近六千八百米，屹立在北边的布兰卡山脉之中，那里是世界著名的登山胜地。越过蒂克里奥山口，我们很快就来到了广阔的阿尔蒂普拉诺高原，这里的普纳草原上长满了一种带刺的黄色植物。从这片高原开始的几小时，我们都处在海拔四千到五千米之间，最多只会遇到一座开采铜、钨、铋和银等矿物的城市。这里有几片风景优美的湖，到了特定的时节，火烈鸟会来到湖边活动。秘鲁的国旗上也有火烈鸟的颜色。我母亲曾经给我讲过一段传说，故事说何塞·德·圣马丁建立秘鲁共和国之后不久，有一次躺在湖边休息的时候，眼前出现了一只火烈鸟。这只鸟身上的红色和白色给了他灵感，让他决定了国旗的颜色。秘鲁的盾徽上还有小羊驼，这是一种野生的骆驼科生物。小羊驼的毛比幼年羊驼的毛还要细腻柔软，以前是专门留给印加王室的贡品。小羊驼的旁边还绘有一棵金鸡纳树，象征着秘鲁丰富的植物。除此之外还有一只丰饶之角，从羊角里撒出了大把的金币。秘鲁的物产非常丰富，是世界上最富饶的国家之一。

我们终于开始往山下走了，很快就在瓦努科停了下来。这座城市建立于西班牙殖民时期，位于肥沃的河谷地带。这里的海拔是一千八百米，和高耸的安第斯山脉比起来算是相当低了。我们头几次去的时候总是在这附近过夜，因为去廷戈玛丽亚[1]的路太窄了，

1 秘鲁中部的一座城市，被称作“亚马孙的大门”。

只能允许车辆单向通过。所谓过夜，其实就是留在车里睡觉，不然车有可能把我们落下，直接自己开走。接着，我们来到了一片狭长的地区——阿苏尔山区。这里植被茂盛，从远处看，闪着一层淡淡的蓝光。我们辛辛苦苦到了廷戈玛丽亚之后，还要再坐八个小时的大巴才能到普卡尔帕。路上我母亲总会跟我介绍，哪种鸟类生活在什么地方，比如在阿苏尔山区的云雾森林以及分水岭附近有很多漂亮的橙红色的动冠伞鸟，而在廷戈玛丽亚旁边的一座小山上，有个名为“猫头鹰”的山洞，那里生活着很多油鸱(chī)。母亲告诉我，这是一种在夜间活动的鸟类，它们靠一种原始的回声测距法在黑暗中判断方向，体内的油脂可以用作灯油，因此名字里有个“油”字。我琢磨着这些知识，在夜里又走过了几百千米的路。

两天一夜后，我们终于到了普卡尔帕。那时候它还是个没怎么开发的小城市，市区的周围是农田，农田的周围就是原始雨林。我们得在这里为雨林里的生活进行一番大采购，准备好基本的食物，比如糖、猪油、植物油和面粉。前往我们的下一站托尔纳维斯塔只有两条路可走，要么乘船，要么乘越野车走野路穿过丛林。不过只有旱季才能坐车，不然小路就会变成坑坑洼洼的淤泥。我们多数情况下都选择乘船，从乌卡亚利河上一直坐到帕奇特阿河的河口，从这里逆流而上就能到达托尔纳维斯塔。这个雨林里的小村庄的名字来自得克萨斯的勒托尔纳家族，他们在这附近建了一所很重要的养牛场。我们在这里的一个熟人家打地铺过夜，第二天接着去找下一艘继续前进的船。雨林里的交通至今还是靠水路，来往的人、动物、行李以及各种货物，全都在河上运输。我们乘着突突作响的船又逆流而上走了两天，夜里就盖着毛毯睡在沙滩上，天亮了再继续赶路。第二天的晚上，我们到了尤亚皮奇斯河的河口，而潘瓜纳研究站就在这条河边上。尤亚皮奇斯这个名字来自古老的印加语言盖丘亚语，意思是“说谎的河”，因为这条河有时候很有欺骗性。这条河发源于附近的希拉山区，受那里降水的影响，有时候它看起来明明是一条平静而缓慢的小河，没几个小时，立马就能变成汹涌的激流。

我们在路上遇到了令人闻风丧胆的湍流，如果船上的司机不够有经验，在这种地方有可能会翻船。一路上，母亲的眼睛一次都没有合过，周围有太多值得看的了，她都不想错过。一会儿有一只短角鹿从河里流过，过一会儿又出现了凯门鳄和蛇。她时不时就要指向水里，对我说：“看，朱莉安，这是巨蝮，世界上毒性最强的蛇之一，它们攻击性非常强，你一定要小心。”

我们终于能看到尤亚皮奇斯河的河口了。我们从这里上岸之后，还得在荒蛮的原始雨林中穿行五千米。这段路非常难走，到处都是攀缘植物，有些几乎跟我个头一样大。地面上是厚厚的淤泥或者黏糊糊的红土，一下雨就变得和冰面一样滑溜溜的。离开利马的一个星期后，我们终于穿过了这片地区，抵达了尤亚皮奇斯，而潘瓜纳研究站就在河的对岸。我母亲吹响了鸟鸣一样的警哨，我父亲应声划着独木船来接我们。欢迎回家！

不过，我想先讲点儿别的事情。我总是这样，一边说一边就在想别的事情。我总在想潘瓜纳，我父母在1968年建立了这个研究站，在接下来的很多年里，它一直都是我的家——在我吃饱喝足之后，愉快地看着米拉弗洛雷斯区的公园的时候；在我因为终于回到这里而快乐的时候；在我和丈夫以及埃尔文商量后面两天满到不行的日程的时候；在我们有很多行政上的事要处理，要去见我的律师，需要把我们的事情往前推一大步的时候；在我们品尝着餐厅送的甜品的时候。我一直在想着潘瓜纳。我不得不承认，尽管我非常享受在利马的生活，可我还是等不及想回到我深爱着的原始森林里去。

对于我来说，雨林从来不是绿色的地狱。它就像我对我丈夫的爱，像我血液里流淌着的昆比亚舞曲的韵律，像那场空难留给我的伤疤一样，是我的一部分。正是因为雨林，我才重新登上了飞机，为了它，我甚至愿意和烦琐的行政事务打交道。

秘鲁人把官僚称作Burocracia，很多人略带讽刺地把这个词读成Burrocracia，里面的Burro是西班牙语“驴”的意思。这并不是巧合。这个安第斯山脉上的国家里盛行的迟钝，有时候能惹恼很多欧洲人。我甚至有点儿担心，我这次来会不会也遇上这种情况。要实现我的目标——把潘瓜纳研究站变成自然保护区，我就得应付很多行政部门。我常常跟埃尔文·拉梅尔聊起这些事。他每次都会帮助我穿过我唯一害怕的一片“密林”，也就是官僚作风。

我们终于从餐厅离开了。我和丈夫一路上都很累了，而且还得先把时差倒过来。我们到酒店的时候，埃尔文突然停了下来。

“你感觉到了吗？”他问我。

我和丈夫面面相觑。他想说什么啊？

“刚才地震了。”

没错。大地几乎无法察觉地轻轻颤了一下，然后一切又都恢复正常了，仿佛时间稍微停了一下。

“没事的。”埃尔文很快安慰我说。

这种事情我从小就习惯了。秘鲁的海岸是两个地质板块的交界处，因此常常发生地震。地震的时候很可怕。首先是一声很不同寻常的噪音，我们管它叫“大地的低语”，这几乎是能想到的最好的形容了。接下来，等大地开始抖动的时候，人们瞬间变得晕头转向。这是因为我们平时习惯的物理规律一下子被打乱了，我们的感官适应不过来。南美洲的其他国家也经常受地震和海啸的侵扰，就在前不久，秘鲁的邻国智利就因此损伤惨重。

有两场大地震我记得尤其清楚。一场发生在1966年，那一年我十二岁，地震发生的时候，我正独自在家收拾我的颜料盒。我的身体先感觉到了一阵上下震动，大地升起又落下，在我的脚下颤抖着。这已经够让人提心吊胆了，紧接着大地又开始左右摇摆，地板来回晃动，场面非常恐怖。人们陷入了惊慌之中，尖叫着跑到街上，我甚至也想加入他们。但我知道，我是自己一个人，独自面对这样的自然灾害是一种很特殊的经历。我没有跑到街上，与之相反，我想起了父母对我的叮嘱，他们告诉我在这种情况下最好待在家里，躲在门梁下，这类地方比大街上安全很多，因为门梁周围的天花板被加强过，而在毫无遮盖的大街上有可能被瓦片或者坍塌的墙体砸到。那场地震的强度是6.8级，而且持续了很长时间。幸运的是，我们周边没什么大事，我也从惊吓中平复了下来。

在我8到12岁这段时间，我父母经常带我去布兰卡山上的云盖，这座小城位于布兰卡山脉上最美的地区之一。我至今还清楚地记得，我们在著名的瓦伊拉斯山谷中露营时，我不得不用冰蚀湖冰冷的水洗脸。我也记得落日的光辉洒在周围六千米高的雪山上时的华丽色彩。山里有很多奇形怪状的大石头，其中有一块看起来像个竖起来的火柴盒，我特别喜欢它，还给它起名叫“火柴盒石”。我印象很深，这块石头最上面还长着一些植物。

一场严重的自然灾害在1970年袭击了这片地区。在一场7级的地震中，一大块冰从冰川上脱落了下来，顺着山谷掉进了湖里，导致湖水喷涌而出。规模巨大的泥石流淹没了许多小村庄，只剩下云盖市市政广场上的棕榈树从泥浆中冒出的一点儿枝头。泥石流也淹没了这里的所有居民，其中有一整个班的小学生和他们的老师，灾难发生时他们正在地势相对比较高的公墓里郊游。这场地震发生时，我已经和父母一起搬去潘瓜纳了。即使在雨林的深处，震感也非常明显，连鸟儿都惊慌地从树上飞了起来。十年之后，我有一次和同事一起来到这片地区，有些地方依然被埋得严严实实。

我们和埃尔文告别，他显然很后悔让我想起了利马地震。不久之后，我在酒店里看到了熟悉的指示牌，告诉客人们地震的时候应该待在什么地方。对于在秘鲁生活的人，这就是日常生活的一部分。

我也是这样，从小就明白，就连自己脚下结实的大地都不一定可靠，更不用说其他事情了。我觉得这种意识总能在危急关头帮助我保持冷静。也许正是因为我从小就习惯了发生在生活中的不同寻常的事情，我才能从噩梦般的坠机事故中活下来。不管是有条毒蛇在大都市利马的花园里爬过，还是在半夜被恶鬼附身一样的床摇醒，我都能从容面对。

好在今天夜里无事发生。我们都累坏了，舒舒服服地躺到床上。重新回到这里，我真的太高兴了，然而我并不打算永远住在这里。我很享受在两个不同的世界里都有家的感觉，就算有时候很折腾，有时候对另一个地方的思念几乎难以忍受。

好在这样我也有机会不断地扩大我的视野，而这种可贵的机会能抵消掉不快。所谓视野，指的不仅仅是经历。对，我指的更是内心的、情感上的宽度。我一直都是习惯亲自获取第一手信息的人，这就要求我到现场去，和那里的人建立紧密的连接。我相信，这对我在德国的工作也有好处。能在国家动物研究所工作，我觉得自己很幸运，享受了别人很难拥有的条件。我很珍惜我的同事，我们不仅仅是一起工作的科学家，对彼此来说就像家人一样。我完全可以说，我对自己的生活很满意。

这难道不罕见吗？尤其是发生了这么多事情之后，我原本完全不可能再回到这里。我耳边突然响起来母亲最后的话，回忆占据了我的全部，没有一丝预兆，在飞机上、电梯里、梦里。我听见母亲说：“现在全都完了！”

成长为雨林女孩

飞机的头部突然向下栽了过去。我虽然坐在后边的靠窗位置，却能顺着过道直接看到驾驶舱，它现在在我的下面。物理规则全都被打乱了，感觉就像地震一样，不，比地震还要糟糕。我们现在正在向下俯冲，正在坠落，人们惊慌地尖叫着，大声呼喊着求救，飞机的涡轮一边坠落一边发出隆隆的轰鸣声（这种声音至今还时常出现在我的梦里），以及盖过一切像玻璃一样清脆的我母亲的声音："现在全都完了！"

如果我父母当时没有从大城市利马搬进雨林里工作，一切都会变得不一样。那时候人们对亚马孙雨林里多种多样的生物还知之甚少，于是我父母想去那里研究动植物。他们打算在研究区域的附近生活五年。在那之后，他们准备再找个时间回到德国。

我父母把这个计划付诸实践的时候，我十四岁。那时候我一点儿都不乐意立刻搬去丛林。在我的想象中，大树用茂盛的枝叶把阳光挡得严严实实，而我只能整天在昏暗的树荫下坐着。一想到要离开我在利马学校里的朋友们，我就很难过。他们的眼神中充满了同情，因为没人能想象原始森林中的生活究竟是怎样一番光景。绝大多数人甚至从来没有踏进过雨林一步。我并不害怕，和父母一起的旅行已经让我了解了雨林，但去旅行和背着大小包搬进雨林完全是两码事。十四岁的时候，我惦记的可不是荒野中的生活。

我们启程的时间一拖再拖。我父亲手头上有一个志向远大的项目，他打算编写一套丛书，介绍动物和植物的生命形态，因此他无论如何也要先写完再搬去雨林。我母亲很会画画，尤其擅长描绘动物在运动中的姿态，她要负责给这套书提供超过六百张插画。他们两个人对工作满怀热情。我没什么意见，也不急着出发。但我们已经搬出了“洪堡之家”，出发前只能在一套临时房里凑合几个月。那套房子很小，租金很高，而且还紧挨着一条很吵闹的街道。

离开这座城市的过程很漫长，也让我父母很受煎熬，主要是我父亲受不了，家里的气氛也常常很紧张。

从住了近二十年的“洪堡之家”搬出去，对我父母来说是个费时费力的工程。住了那么久，家里什么东西没堆一点儿呢！光收拾他们巨大的工作室就用了好几周，不，好几个月。一部分东西要丢掉，剩下的要打包保存，最后装满了至少两百个箱子。我父母不能也不愿意把所有的东西都一起带进雨林，所以他们还研究出了一个精密的计划，安排好了要把什么东西暂存在哪里，或者借去哪里。

我还清楚地记得一个又一个忙碌的礼拜。我父母通常在工作之余还要收拾箱子，父亲一个接一个地打包箱子，母亲在上面贴上详细的内容清单。“没有这些单子的话，”她常常对我说，“我们就找不到东西了，朱莉安。只有这样我们才能随时找到想要的东西。”

1967 年 12 月，我们把搬家的第一辆车开到了秘鲁的自然历史博物馆。我父母把一间客房的东西借给他们，而且在那里存了很多箱子。按照我的心愿，我们在几乎空无一物的“洪堡之家”庆祝了圣诞节。留给我们的只有一间起居室，我们就在一棵特别漂亮的圣诞树下交换了礼物。我教父家的地下室里也堆了好多个属于我们的箱子，另外一家朋友也提出帮我们保管将近五十个箱子。然而我们小小的临时房里还是被塞得满满当当。

和经历很多重大的变化时一样，我们又拖了半年才真的动身。我父母还有很多事情要搞明白，有很多项目要收尾。最后，我们租了一辆卡车，把剩下的行李、乐宝和我的虎皮鹦鹉弗洛里安放在载货斗里。1968 年 7 月 9 日，我们出发了。

我和我的牧羊犬一起坐在载货斗的篷子下面，我们越走越远，而利马、我的朋友们、我的班级、阿丽达、我的教父教母以及我童年的所有回忆最终留在了身后。我隐约意识到，这将会是我生命中的一个重大转折，然而我那时候年纪还太小，不清楚其中的具体意义。我的血液中流淌着和我父母一样的冒险精神，在收拾完行李、结束热闹的搬家之后，我便开始期待接下来的这趟我知道会花上好几天的旅行。

向上走的路蜿蜒盘旋，而且越来越窄。有好几次我们都担心，卡车载着这么重的东西，会不会不小心滑进山沟里。晚上的时候，我们已经到了安第斯山的高处，离蒂克里奥山口不远了。我们就待在这个海拔接近四千米的地方的卡车里过夜。我后来在一封给奶奶和姑姑的信里写道："天气非常冷。乐宝坐在卡车顶上，被吓坏了。弗洛里安也不是特别舒服，车一直晃，把它搞晕了，我有时候甚至觉得它要死了。"它很可能不光晕车，还有高原反应。

第二天，我们翻过了蒂克里奥山口，接着又翻过了几个山口，一直开到了廷戈玛丽亚。这里的路况越来越差，后来还下起了瓢泼大雨，事情就变得更糟糕了。过了一会儿，一台轧路机陷进了泥里，把路堵住了，这样我们就没法继续往前开了。被困的不只是我们，后面还有很多卡车堵在了一起。我们没有办法，只能在原地过夜。我依然清楚地记得我父母很担心，因为雨一直下的话，很可能发生滑坡。那样的话，我们恐怕有可能连着整条街被冲到山下，或者被头顶的泥石流埋起来。幸运的是，这种事情并没有发生，第二天早上，轧路机从泥里被拖了出来，道路也可以重新通行了。我们开到了普卡尔帕附近，这样就已经在雨林里了。到托尔纳维斯塔还得一天，我们打算在那里暂时停留一下。

托尔纳维斯塔是一个小村庄，它归属于一家很大的养殖场。那里友好的居民给我们提供了一间旧学校里的大房间。我们把箱子沿着墙一直垒到了房顶。我们待了差不多一个月，我父母完成了他们的书的收尾工作，并做了下一步的计划。

我们还不确定具体要住在雨林里的什么地方。我父母听说尤亚皮奇斯河岸边有一小块地方，据说那里有几间破败的小屋子，我父亲打算去看一下。我和母亲留在托尔纳维斯塔等他，希望他能给我们的新家找个合适的地方。

父亲来到了帕奇特阿河和支流尤亚皮奇斯河的交汇处，想在河口边上的小山里找一条船以及两个能干的人，让他们划船把他送过去再接回来。就这样，他找到了莫洛。

莫洛的名字其实是卡尔洛斯·阿克勒斯·范斯科茨·摩德纳，但没人这么叫他，所有人都叫他莫洛。我父亲这么早就能遇到他，真是一件非常幸运的事，因为后来莫洛就像潘瓜纳的心跳一样，没有他的话，这个研究站不可能有今天。那时候莫洛刚刚二十岁，和他的朋友尼尔森一起划船载着我父亲，在亚马孙流域的一条条河流上穿行。这些河流有大有小，在丛林中蜿蜒曲折。不熟悉地形的人，很快就会绝望地迷路。那时候，窄一点儿的河流上还没有带艇外推进器的船，要逆流而上、穿过湍急的河水，还得靠插杆和船桨。莫洛和他的朋友把我父亲带到了尤亚皮奇斯河上流与尼格罗河交汇的地方。他们划着船，满怀期待地寻找一片从未有人踏足过的地方。到了普尔玛·阿尔塔一带，他们就回到陆地上，沿着河流向下走，直到他们发现了几座印第安人的小屋。这就是我父母之前听说过的那个地方。这里看起来很荒凉，只有四只潘瓜纳鹁躲在小屋的阴影下用沙土清洗自己的身体。于是我父亲说道："就是这里了！"他很快就给这个地方起好了名字——和那几只鹁的名字一样，潘瓜纳。父亲和莫洛一起探索了周围的雨林，结果很让人高兴。这里栖居着各种各样的生物，鸟、蝴蝶尤其多。这对热衷于研究生物的学者来说，简直就是美梦成真。我父亲那时候刚刚长途跋涉到秘鲁，因此总是背痛。莫洛注意到了后，主动提出帮他把行李从托尔纳维斯塔搬到潘瓜纳。我父亲欣然同意了。就这样，莫洛和他的家人成了我们生活中很重要的一部分。

我和母亲一起在托尔纳维斯塔急切地等着父亲回来，想知道他从雨林探索之旅中带回了什么新消息。我接下来这几年会在哪里生活？我父母会把我拖到荒野里的什么地方去？很快，我父亲回来了，告诉我们："我找到地方了，而且我连名字都给它取好了。"

"叫什么名字？"母亲很好奇。

"潘瓜纳。你觉得怎么样？"

我母亲当然很喜欢。她问了我父亲一连串的问题，那个地方具体在哪里，小屋的状态怎么样，他看到了什么种类的动物……他们俩很快热烈地讨论了起来，而我只是叹气。他们俩又是一条心，跟以前一模一样，只有我很担心。我已经听出来了，那地方很荒凉，而且我们又得折腾好几天才能到那里。我试着算了一下我已经离开利马多少天了。那时候我还想不到，在未来的那么多年里，我还要走很多次这条路。

我们很快就出发了。我们在帕奇特阿河上航行了三天，第一天夜里我们睡在沙滩上，第二天睡在船上。我们一路上遇到了很多湍流，快到目的地的时候还差点儿翻了船。我们终于抵达了尤亚皮奇斯河的河口，并在莫洛的爷爷奶奶家过了夜。他们老两口在养殖场工作，对我们很友好。第二天，我们汗流浃背地徒步穿过了茂密的原始丛林，终于来到了这几座破败的小屋面前。我的沮丧瞬间就转化成了兴奋！潘瓜纳一点儿也不阴森！它坐落在河边，周围的树上开满了火红的花，杧果、番石榴和柑橘长得到处都是，宛如美好的世外桃源。还有一棵五十米高的壮观的吉贝木棉耸立其中，它一直到现在都是研究站的标志。我从一开始就非常喜欢潘瓜纳，而且第一天就认识了莫洛。我觉得，我们带着的这么多箱子一定让他很惊讶。我们花了几个月时间才慢慢把东西从托尔纳维斯塔运到了研究站。箱子上那些详细的清单派上了用场。我们开箱的时候才发现，我们带了很多研究用的仪器，带的衣服却只是刚刚够穿。后来，莫洛告诉我，当地人知道我们这几个欧洲人来这里只是为了研究雨林，都觉得有点儿诧异。他一开始也怀疑，但在我母亲给他展示了她的书和插图，并解释了雨林的科学价值之后，他就开始变得热情起来。莫洛后来还经常跟我提起，我父亲渊博的学识让他深受震撼。

“不管什么地方传来一声鸟叫，”他说，“他比我们这些本地人都清楚那是什么种类的鸟。”我父亲的自律能力也让他印象很深。

“他如果说好早上八点在河边见面，那他八点就会准时到，”莫洛强调说，“一分不早，一分不晚。他两手各提着一只箱子，这样他走在泥泞的小路上时就不会失去平衡。但有一次他确实迟到了五分钟，这种事情之前还从未发生过，不过他马上就道了歉。‘先生，’我问他，‘发生什么事情了？’因为我看见他只穿着一只橡胶靴子就来了。那天雨下得很大，河水涨得很高，他有一只靴子卡在河床上的泥巴里了，所以他比预期多花了很多时间。那只靴子对他来说很重要，好在后来到了旱季，他又把靴子找了回来。”

至今，我们提起这件趣事还是要大笑一通。

除了莫洛，还有很多当地人以及德国人向我们伸出了援手。托尔纳维斯塔的克里斯蒂安·斯塔佩尔费尔德和莱昂内尔·迪亚兹总在给我们安排船，还帮我们慢慢把家当搬到潘瓜纳。还有尼古拉斯·卢卡塞维奇·洛萨诺，我们都叫他库图，他的母亲来自伊基托斯[1]，父亲则是俄罗斯人。他有好几艘大型摩托艇，总是开着船在河道上航行。他现在住在印加港[2]，那时候主要负责送信，也运其他一些东西，我母亲常常和他一起往返普卡尔帕。此外还有一位里卡多·达维拉，传言中他为人风流，处处留情，甚至手上还有人命。他在尼格罗河上干淘金的活儿。当然，我们还认识了莫洛的奶奶多娜·约瑟法·舒勒，我们都很喜欢她，称她为“莫德娜奶奶”。她来自波苏索，这是一个在十九世纪由莱茵兰人[3]和南蒂罗尔人[4]建立的城市。她的丈夫维托里奥·莫德娜则出生在特伦托。他们两个人和家族一起在尤亚皮奇斯河和帕奇特阿河的交汇处经营着一家出色的农场，我们总是从那里上岸，然后开始前往潘瓜纳的艰难徒步旅程。

我实在太喜欢住在多娜·约瑟法·舒勒家了！她做的面包是整片雨林里最好吃的。由于她和德国有些渊源，人们就管这种面包叫“德国面包”，但其实用到大蕉和玉米这些原料并不是典型的德国做法。她早上四点钟就起床，烤这种微微发甜的面包。我非常喜欢它的香气和超乎寻常的味道。我们每次来投宿的时候，都会受到热情的招待。有一次多娜·约瑟法甚至送了我父母一整条面包，他们却出乎我意

1 秘鲁亚马孙丛林地区最大的城市。
2 印加港省的首府，位于秘鲁中部。
3 德国西北部莱茵河两岸地区的人。
4 意大利北部南蒂罗尔自治省的人，多数是奥地利人，通行德语。

料地拒绝了，说他们无论如何也不能收。我时刻紧张地关心着这件事，直到最后我看见那条面包被裹在布里塞进了我们的包裹里，才松了一口气。多娜·约瑟法家还有一种美味食物，就是她用自家的牛奶制成的甜奶油。在热带雨林的这种高温下，这种食物非常罕见。我至今还记得我那时候面前摆着的一整盘烤香蕉，上面还挤了一朵奶油！后来我母亲也爱上了烘焙，她在雨林里的普卡尔帕准备好发酵面团，然后用塑料袋把它们带回家。由于回家的路上天气太热，袋子被撑破了。我们在丛林营地里每天都要操心照顾这些面团，以便我们吃上发酵面包。我们一开始是在小烤锅里面烤，后来用气炉子，再后来等我们的条件变得更好了，就用一个双火管的煤油灶烤面包。

我今天跟莫洛聊了聊，更加了解了雨林里的变化。那时候被开垦过的农田离牧场和潘瓜纳都还很远，现在它们却越逼越近了。这也是要把潘瓜纳升级为自然保护区的一个原因。而且气候也变了，现在比以前要热得多。莫洛笑了笑，然后告诉我现在不可能像青少年时期那样到处干活了。接着他又讲起了我帮忙收玉米的时候折玉米穗、搓玉米粒的样子，就连宰牲口的时候我也在旁边跟着。我很快就变成了雨林的小孩，和我父母一样对那里的一切都感到满意。来拜访我们的朋友后来总是跟我说：“我们从来没见过哪对夫妻像你父母那样，在丛林里过得那么开心。”很多人可能都不相信，两个人能这么合拍，在简陋的条件下还能在生活中获得这样的满足感。

不过对我们来说实际情况并不是这样的。生活中的不便早就通过周围富足的大自然补回给了我们。也许在我父母心中，这就是他们的香格里拉，那个其他人终生寻觅却没有找到的地方——一个平静和睦、远离尘世、美好得超凡脱俗的人间天堂。我父母发现了这个地方，在这里找到了他们的幸福。潘瓜纳——尤亚皮奇斯河上的天堂。

那我呢？我爱雨林，我也很喜欢城市。我父母总觉得城里太吵太闹，但在那里，我可以跟我的朋友们去看电影，或者去我们最喜欢的饮料店喝杯奶昔，等我回秘鲁的时候，我也很愿意变回“雨林女孩”。“雨林女孩”的生活包括：和吸血蝙蝠住在同一个屋檐下；在尤亚皮奇斯河里和凯门鳄擦肩而过；撑着独木舟在河上航行；早上仔仔细细地甩一甩橡胶靴子以防里面睡了只毒蜘蛛；随时小心蛇，因为那时候屋子门口就是雨林……我父母那时候教给我的在雨林里的生存技巧，后来帮助我在雨林里活了下来。

我们早上六点就出发去雨林，经常连早饭都不吃。对于鸟类学家来说，这是最好的时机。这个时候蚁鸟很活跃，它们在地上一边走一边吃掉行军蚁的天敌昆虫们，因此身后总是跟着一大群行军蚁。我父母在四周开辟了很多用于观察的小道，他们以西西弗斯般的坚韧清除了路上的枝叶，以便能安静地从其中穿行。我跟着他们学会了如何用米尺和指南针规划道路，如何在茂密的雨林辨认方向，如何识别分水岭以及如何利用印第安人留下的小道抄近路。就像忒修斯在米诺斯的迷宫里利用阿里阿德涅的线团辨别方向一样[1]，我也习惯于用砍刀在树上刻标记，帮助我在雨林里找到回去的路。除此之外，我还学会了识别不同鸟类的叫声。我们用录音机录下各种鸟叫声，再转录到磁带上。那台设备现在看起来是老古董了，当时可先进得很呢！我有时候得扶着一面巨大的曲面镜，用来反射和加强麦克风的声音。我们也录了昆虫和青蛙的声音，尤其是雨林里青蛙们的叫声，有时候声音响亮到听不清人说话，简直是一场视听盛宴。这通常发生在11月和12月，青蛙在这个时候产卵，然后出来一大群蝌蚪，连池塘都变得鼓鼓囊囊的，好像也拥有了生命。等到南美牛蛙开始叫了，大家就知道雨季要来了。不管气象学家怎么预测，牛蛙总比他们掌握得更清楚。人们可以百分之百地信任牛蛙的播报。当然也有旱季的青蛙，不过只有在旱季才听得到它们叫。这些动物对天气有敏锐的直觉，完全不需要气象图。

我从小就在利马的家里养了宠物，所以我自然而然地在雨林里也给家里添了新成员。我住在潘瓜纳的第一年，邻居就送给我了一

1 希腊神话中，忒修斯和其他一些雅典人在战争中败给了克里特岛的国王米诺斯，被困在了迷宫里。米诺斯的女儿阿里阿德涅给了忒修斯一个线团，让他标记出路，最终帮助忒修斯一行人逃出了迷宫。

对不小心从窝里掉出来的幼小的拟黄鹂。我给它们起名为“平克西”和“彭奇”，用滴管给它们喂食。我非常喜欢这两只可爱的拟黄鹂，在“平克西”死的时候，我也非常难过。1970 年圣诞节的时候我又收到了一只小鸟，开心极了，在写给在德国的奶奶的信里管它叫“新的平克西”。

那时候莫洛还送了我一只刺豚鼠，它和豚鼠是亲戚，是新大陆特有的啮齿动物。平时我把它关在笼子里，有时候也放它出来，它性情很温顺，总是会回到我身边。有一次晚上放风的时候它被一只貂抓住了，受了很重的伤。尽管我把那只貂赶跑了，仔细照顾了可怜的刺豚鼠，但很快就发现它体内的伤太严重，已经活不下去了。我母亲不想让它承受太多的痛苦，就给它做了安乐死。她在一些事的处理上就是这样，专业又满含同情，有时候很动感情，我甚至能看见她眼中的泪。

雨林和我父母一样，都是我的老师。我父母每天早上都要告知我纪律，还给我上课。我一直都得上学，教材是一个朋友从利马寄给我的，有时候会晚好几周，甚至好几个月。之后就轮到我父母做准备了。他们对我的学习很操心，一定要我做些学校的功课，而不是整天泡在雨林里。我父亲的数学很好，而我的数学很差。有一天他指导我说：“这肯定一开始就有问题，我们现在从头来一遍。”他说得有道理，加上他解释得很清楚，我很快就开窍了。慢慢地，我的作业从五分变成了漂亮的一分[1]。然而比起代数，我更喜欢读书。但凡有点儿意思的书我都能很快地狼吞虎咽地读完，以至于我父母得给我定量分配阅读资料，毕竟每本书都得经过“长途跋涉”才能到我手里。我还清楚地记得有一本《你往何处去》[2]，每天只能读五十页。那可真煎熬！

雨林里的教程、读过的书，以及最重要的——父母给我上过的课——让我为保护潘瓜纳免受文明的侵扰做足了准备，但这只有在利马才能实现。好在我很熟悉这座城市，也逐渐学会了应对官僚系统。

即使是在从前，行政部门也要在我们的丛林研究站里插上一手。我们搬进雨林一年半之后，学校就发来了消息，表示如果我不在学校里上好三年课，很可能没法参加毕业考试。即使我完全能通过所有的考试，也无济于事。1970 年 3 月，我不得不回到利马，去原来的学校里上课。

没错，那时候我想的还是“不得不”。时间过去，我的想法也有所改变。在明确知道相关部门不愿意通融之后，我开始期待重新见到我的朋友们。潘瓜纳并不会消失，我每年放假都可以回去，而且通往普卡尔帕的航班越来越多，这样我就不用辛苦地翻安第斯山了。

---

1 德国学校的评分制度里，一分最高，五分最低，是不及格的分数。

2 波兰作家显克维支的一部历史小说。

一切看起来都简单明了。没人知道后来会发生什么。

第二天醒来的时候，我和丈夫虽然都还没倒过时差，却觉得睡得很舒服，神清气爽。我望向窗外，看见利马上空的云层背后若隐若现的太阳，心情变得更好了。这是这座城市对我们格外友好的款待。我们愉快地吃完早餐就出发了。我们乘出租车离开酒店，去办我们今天的第一件事——见我的律师。我们上一次见面的时候，我就拜托他给潘瓜纳办土地购入的手续，因为我去年发现，作为秘鲁人的我完全有权利在这个国家购买土地。按照秘鲁法律的要求，我的丈夫也得在购买合同上签字，他的名字也必须写进土地登记册里，可问题是他是德国人，没法签购买合同。他不签合同的话，我就不能购买土地。

“什么意思？”我惊愕地问道，语气中又充满了斗志，“这不可能，肯定会有个办法解决的。”

的确有办法解决。但要这么做，就得跑很多个机关。今天，我们精力充沛地在这条路上迈出了从容而坚定的一步。从律师那里出发，我们又去拜访了所有可能有用的部门，从一个地方被赶到另一个地方去。每次我们都能根据前面等着的人来推算要花多长时间。但我的内心很坚定，到这里就是为了把潘瓜纳改造成自然保护区。我从一张办公桌跑到另一张办公桌，收集着必要的文件和上面的签章，一步步接近我的目标。没人能让我停下脚步，就算是戴着时髦眼镜的新来的办事员也不行，即使她半年前还没在这张桌子前工作、威胁我要从头办整件事、试图让我几年的努力付之东流，也不行。我凭借着耐心、友善和坚定，以及对事情的熟稔于心，说服了这位年轻的女士。我们就这样度过了第一天和第二天的上午，最后终于能长出一口气，暂时跟行政部门告别了。

我们这一天的第二个目的地要令人愉快得多。我们要去我父母曾经工作了许多年的自然历史博物馆，我在那里还有很多过去就认识的老朋友。他们都是我父母的同事，总是很热情地招待我，而且尽自己所能地帮助我。巨大的展厅给我的感觉和小时候不一样了，没有以前那么阴森恐怖了。我们长大之后，房间总是会缩小，这难道不奇妙吗？

在这期间，利马有一所大学给自己的生物系按照我母亲的名字取了名，我父母在这里至今还是知名的人物，而且很可能一直都是。

“你也很有名呢！”在我们去吃最后一顿晚餐的路上，埃尔文跟我开玩笑说。吃完这顿饭，我们就要出发去雨林里了。“如果你同意的话，明天机场就会挤满来采访的记者。”

“别胡说。”我斥责他道。我已经受够这种闹剧了。我感觉很庆幸，因为今天早上的出租车司机没从后视镜里认出我来，也没有说，

“你看起来很面熟，女士。我一开始以为你是艾薇塔·贝隆[1]，但现在我知道了，你不就是朱莉安吗，那个从空难中生还下来的人！”

就是这样，即使我这么多年来一直想要忘掉那个故事，可人们至今还是记得它。以前的我可能会匆匆结束对话，但现在，我会给出友好而又耐心的回答。我迫不得已地学会了如何应对这种名声。现在的我已经能够面对我过去的故事了。在利马，这段过去终归会追上我，尤其是在我和当时的朋友见面的时候，比如说我们约了伊迪斯吃晚饭的这一次。

我们每次见面的时候，我都觉得仿佛我们昨天才刚刚分开。我们之前有很多联系，但又各自过着截然不同的生活。那时候就是这样了，不管是上学的时候，还是后来的十年间，伊迪斯从来没有到潘瓜纳拜访过我。不过这不要紧，我在慕尼黑的很多朋友也从来没去过秘鲁，再比如说莫洛，他几乎就没出过雨林。我跟伊迪斯见面的时候，我丈夫就知道接下来的两个小时他可以安心地跟她的丈夫聊天了，而我和她要聊些闺密之间的话，就跟我们十几岁的时候一样。我还有一个很亲近的朋友盖比，我刚去潘瓜纳的时候，她总是告诉我学校里的课程进度，帮我和班级保持联络。我在利马的时候也很喜欢去找她。

1 阿根廷总统胡安·贝隆的第二任妻子。

多亏盖比的帮助，我才能在雨林里待了快两年之后顺利地回到以前在利马的班级。让我的老师们惊讶的是，我的成绩变得更好了，尤其是数学。一开始，我住在我们的家庭医生那里，他和我们一家人认识了很多年，和我父母就像朋友一样。后来，他的女儿从国外回来，他家就没有空余的房间给我了。我搬进了伊迪斯的爷爷奶奶家里，他们就住在伊迪斯父母的房子里的一楼。我当然最希望能搬回“洪堡之家”，在我心中那就是我的家，然而这并不可能。那个为旅行学者而建立的“洪堡之家”已经不复存在了，那栋房子里现在住的是其他人。

一开始我的朋友们问我，“朱莉安，你为什么走路这么奇怪啊？”这时候我才意识到，我在雨林里养成了走路的时候把脚抬得很高的习惯，那是为了防止被树根之类的东西绊倒，而现在我需要改掉这个习惯。我那时候就学会了在不同的世界里生活，而且乐在其中。这两个世界看起来完全不一样。在潘瓜纳，我们去河边洗漱，敞着门在印第安小屋里睡觉，吃的东西在煤油炉子上简单烹饪一下；而在利马，我享受着城市生活的种种方便和舒适。

在利马的一年半时间里，我总是和同龄人在一起，过得无忧无虑、幸福快乐。我虽然有在雨林里生活的经历，但依旧和其他人一样是一个普通的学生。这种归属感让我很开心。在潘瓜纳的时候，我几乎一直和我父母待在一起，在这里则是和同龄人一起。我只是一个普通的十几岁小孩，假期回潘瓜纳，学期里就在利马和同学们一起上学。

回到利马之后的第一个圣诞假，我头一次独自坐飞机从利马飞回普卡尔帕。1971 年的圣诞假本来也是这么安排的，我那时候十七岁，刚刚从秘鲁的学校毕业，读完了十一年级，这相当于德国的中学毕业。可我还想继续上学，打算回德国参加毕业考试。

巧合的是，我母亲要在首都办点儿事，所以得在 11 月来趟利马。她打算最好在平安夜的前一天就飞回普卡尔帕，尽快和我父亲团聚。尽管从利马到普卡尔帕有航班，能给我们省很多时间，但根据河流的水位、小路的路况，以及找船要花的时间，这趟旅程还是要花上好几天的时间。

“要不然我们早点儿飞回去吧？”她问我，“反正你也没课了。”

我满脸震惊。12 月 23 日要举行隆重的毕业证书颁发仪式，而前一天晚上则有我生命中第一场重要而盛大的活动——毕业舞会。我攒钱买了人生中的第一条长裙，给别人补习了好几周德语。那条裙子上印着优雅的蓝色花纹，灯笼袖，露一点点肩膀。我还找到了一个同学的表亲陪我一起去，这种场合没有男伴可不行。有些同学不打算参加德国的毕业考试，也就是说，毕业时的庆祝就是和很多朋友告别，这对我来说意义非凡。我在青少年时期并没有多少光鲜亮丽的社交生活，因此我恳求我母亲让我去参加舞会和 23 日的证书颁发仪式。她很能理解我的心情。

“好吧，”她说，“那我们就 24 号再飞。”

母亲一开始想订可靠的福西特航空的机票，但票卖完了。除了福西特，同一天飞往普卡尔帕的就只有LANSA（秘鲁国家航空公司），这家公司之前已经因为空难失去了两架飞机。流传着这么一句话，“LANSA se lanza de panza”，意思是 LANSA 用肚皮着陆。我父亲还特意嘱咐我母亲，不要坐这家公司的飞机。然而如果不坐的话就得再等一两天，我母亲并没有那个耐心。

“算了，”她说，“又不是每架飞机都会坠毁。”

于是她给我们俩买了这班飞机的票。我们当时不知道，那是秘鲁国家航空公司拥有的最后一架飞机，剩下的全都坠毁了，甚至有一架飞机上还载着整整一个班的学生，只有一个受了重伤的副驾驶从事故中活了下来。

在利马的第二天晚上，我和丈夫就又收拾好了箱子。是的，我承认，我很激动。我对潘瓜纳充满期待，几乎等不及要重新回到那里了。我怀念着雨林、那里的动物、熟悉的声音、气味、气候。即使那里一年到头、从早到晚衣服都黏在身上，汗出个不停；即使去那里的路还是很难走，但这和我们当时路上面对的挑战比起来根本不算什么。然而在我的期待中还混杂着另一种感情，我知道它永远不会离开我，尤其是在我马上要坐飞机从利马飞到普卡尔帕的时候。这段路完全改变了我的生活。对我来说，重新坐上飞机已经不算容易了，那么重新飞这条航线就是最艰难的事情。但我会鼓起勇气，振作起来。和我们一起前往潘瓜纳推进研究工作的同事们在路上开玩笑说，和我一起坐飞机一定非常安全，因为一个人几乎不可能经历两次空难。我其实知道这样的例子，但今天不愿意去想这件事。

第二天早上的闹钟响得很早。和那时一样，我们的飞机七点起飞。我们急匆匆地收拾好后乘车赶去机场，一切仿佛都在重演。早上四点，我和那时候一样觉得根本没睡醒。我仿佛又回到了十七岁，困得抬不起头，脑子里想的是假期和毕业舞会。我那时候根本想不到，这一天将会怎样改变我的生活。

坠机

1971 年 12 月 24 日的早上，我们到达了机场，人山人海。前一天有好几趟航班都取消了，因此今天的服务窗口前挤了上百号人，全都急着在圣诞节前赶回家。出发大厅里一片混乱。我们那么早就起了床，现在却只能等着。有一段时间，我们不确定自己的航班到底还去不去普卡尔帕，是不是要改线去南边的库斯科。这让我很烦躁。

拍电影的沃纳 · 赫尔佐格也在抢着要买票的人群中，他前一天的航班也被取消了。他已经气冲冲地折腾了二十四个小时，要给他自己和剧组买去普卡尔帕的机票。他必须去雨林里给他的电影《阿基尔，上帝的愤怒》拍一些镜头。他甚至想坐我们这一班飞机，被拒绝的时候还大发脾气。那时候我在一片吵闹之中没注意到他，很多年后他告诉我，我们那时候甚至有可能面对面见过对方。长长的队伍当中让我印象深刻的是两个好看并兴高采烈的年轻人，他们俩跟我年纪差不多大，说美式英语，我们还跟他俩搭了几句话。他们告诉我们说，他们住在普卡尔帕附近的亚里纳科查，那里有一些美国的语言学家在研究雨林里的印第安人的语言，已经待了好几年。他们跟我和我母亲一样，在满是人的候机厅里找到了位置。

不知不觉已经到了上午十一点，广播终于叫到了我们的航班。我们的飞机看上去气势非凡。它是洛克希德公司的涡桨飞机，型号是“L-188A 伊莱克特拉”，在我看来和新的一样。但我们后来才得知，事实完全不是这样。这种飞机是针对在沙漠地区飞行而设计的，在美国已经被淘汰了很多年。涡桨飞机的机翼和常见的机型不同，它是固定在机身上的，这导致它很难承受不平稳的强气流，可想而知，它很不适合在安第斯山脉上空飞行，而且这架飞机一点儿也不新，完全是用其他飞机的零件拼凑起来的。不过我们那时候对此一无所知。

这架飞机的名字叫作马特奥 · 普马卡瓦。这个名字让我思考了一阵子，因为有一位秘鲁的民族英雄也叫这个名字，他曾为秘鲁的独立而斗争过，最后——如果我没记错——被西班牙人五马分尸。那两个年轻的美国人和我一起调侃着这件事，有一个还说道：“这样的话，我们就得希望这架飞机不会四分五裂了。”后来我又想起了一节秘鲁历史课的内容，普马卡瓦不是被分尸了，而是被斩首了。我们聊天时的这种阴森的气氛一直挥之不去。

我们在飞机上找到了自己的座位，一切都很正常。我母亲和我一起坐在倒数第二排，正数第十九排，我像往常一样坐在窗边，F座，能看见飞机右侧的机翼。连着的一排有三个座位，我母亲坐在中间，靠过道的位置上坐了一位体形很大的男士，他很快就在座位上睡着了。

我母亲不喜欢坐飞机。她经常说："这么一只金属做成的鸟却能在空气中升起来，太不自然了。"她是鸟类学家，看事情的角度和其他人不一样。她有一次在美国坐飞机的时候就经历了很恐怖的事情——飞机的一个推进器失灵了。尽管什么也没发生，那架只剩一个推进器的飞机也安全着陆了，她还是被吓出了一身冷汗。

还有另一件让她不信任飞机的事情。我们在库斯科认识一个人，他无论如何也不坐飞机。多年以来，他不管去哪里旅行都走陆路，直到有一天他出于某些原因不得不坐飞机出行，但偏偏这架飞机坠毁了。对我母亲来说这就是一种预示。

母亲经常坐飞机，尤其是从利马到雨林，毕竟这样能在路上省下很多时间。以前还没有固定航班的时候，我们会坐螺旋桨飞机飞过安第斯山。这种飞机飞得很低，总是会遇上强气流，有时候我很受不了。1971 年平安夜的那趟飞行之前的几周，我和我们整个年级一起进行了一场为期八天的毕业旅行。我们飞到了秘鲁南部的阿雷基帕。我在给奶奶的信里写："这趟飞行棒极了！"我们还参观了普诺、的的喀喀湖[1]和马丘比丘[2]，最后从库斯科坐飞机返回利马。那趟飞行很颠簸，我们班上很多同学都觉得不舒服。然而我一点儿也不紧张，甚至还很享受飞机的摇晃。我太天真了，根本就没想过还会出意外。

今天的机场很安静。我和丈夫很顺利地在“秘鲁之星”航空办好了登机手续，然后我们在一家新开的咖啡店吃了早饭。我努力让这次飞行显得很普通，和其他的没有什么区别，某种意义上来说它也确实如此。接着到了登机的时间。我依旧坐在右侧靠窗边的位置，心想说不定今天安第斯山脉上空的天气很好，谁知道呢。太阳还没升起来，利马的天空上和平时一样盖满了云，猜不出山上面是怎样一番光景。

后来发现，我们赶上了出行的绝佳天气。天空万里无云，山峰和冰川在朝阳的光芒下熠熠生辉，安第斯山脉上巨大的山脊和开阔的高原先是展现出柔和的色彩，接着又变得鲜艳起来。这样壮丽的景观持续了大概二十分钟，然后山脉渐渐消失在东边，大片广阔无

1 南美洲最大的淡水湖泊，位于秘鲁和玻利维亚交界的安第斯山脉，岛上有印加时代的神庙遗址。

2 秘鲁前哥伦布时期印加帝国的著名遗迹，意为“古老的山”。

垠的雨林进入视野，我们已经进入了亚马孙地区。很快就会到当时出事的地方……

从利马飞到普卡尔帕不到一个小时。1971 年 12 月 24 日那天，航班的前三十分钟很正常，就像今天一样。飞机上的乘客都兴高采烈，期待着回家过圣诞节。起飞之后大概过了二十分钟，我们得到了一小份早餐，包括夹心面包和一杯饮料，也和今天一样。又过了十分钟，空乘开始收拾餐具。就在那个时候，我们碰上了雷雨。

和我之前经历过的一切都不一样，飞行员没有绕开暴风雨，而是径直飞进了风暴中心。我们周围原本明亮的天空一下变得漆黑如夜，闪电不停地从四面八方劈过来。与此同时，有一股看不见的力量开始像摆弄玩具一样摇动我们的飞机。行李从敞开的行李架上掉落下来，人们开始喊叫。提包、鲜花、包裹、玩具、外套和其他衣物一起像大雨一样噼里啪啦地打在我们身上，折叠式平板电脑掉了下来，杯子被甩到空中，喝了一半的饮料洒在人们头上和肩膀上。人们陷入恐惧，有人尖叫，有人痛哭。

“希望这会好起来。”我母亲说。虽然我自己还算冷静，但我能感受到她的紧张。是的，就连我也开始担心了，但我根本不可能想得到……

我突然看到右侧机翼上闪过一道耀眼的白光。我不知道那里是一道闪电劈过，还是有东西爆炸了。我失去了对时间的感知，判断不出是过去了几分钟还是只有一瞬间。我被闪光晃到了眼睛，然后听见母亲很平静地说："现在全都完了。"

现在我明白了，她那时候就预料到了接下来会发生什么。我什么都没想到，整个人处在被震惊的状态中。我的耳朵、我的大脑、我整个人都被飞机低沉的咆哮填满。飞机的头部几乎是垂直向下掉落。我们在下坠，但这坠落对我来说也不过是一眨眼的事情，下一瞬间，人们的尖叫声和涡轮机的轰鸣声突然消失了，原本在我身边的母亲也不见了，我从飞机里掉了出来。尽管安全带依然紧紧地把我系在座椅上，但我身边已经什么都没有了。

只剩我自己。独自在三千米的高空中。下坠着。

和刚才还环绕在我耳边的巨响相比，我自由落体时的声音显得非常轻。沙沙的风声灌满了我的耳朵，我不太确定自己那时候是不是一直保持着清醒，很可能不是。飞机坠落的过程应该持续了很久，根据计算甚至有十分钟。我过了好几周才能回忆起坠落的事情，一开始我只是在噩梦中经历这个过程，后来才恢复了记忆。我至今也不明白，我是怎么一下子就掉出飞机的。

沃纳·赫尔佐格在《地狱之旅》里的《希望的翅膀》中这样说道："不是她离开了飞机，而是飞机离开了她。"事实确实如此。安全带把我系在座椅上，而我周围什么都不剩了。关于当时的情况人们有很多推测。那架飞机很有可能被闪电击中后就碎成了很多块，我们就坐在其中一块碎片上，接着一股看不见的力量把我连着座椅一起甩了出去，甩进了一片汹涌的乱流里。但当时具体发生了什么，我母亲又经历了什么，我可能永远也不知道了。

但我记得自己在坠落。我坠落的时候安全带紧紧地勒在我的肚子上，勒得我很痛，让我无法呼吸。有一刻我突然意识到了发生了什么，我正穿过空气向下掉落，风在我耳边呼啸。在我感到害怕之前，我又失去了意识。接下来，我能记得的就是我头朝下吊着，而雨林旋转着接近我。不对，不是雨林接近我，而是我接近雨林。草绿色的茂密的树冠让我想起西蓝花的花球。我的视线很模糊，看到的所有东西都像是隔了一层雾。然后我又被黑夜包围了。

我在做梦。

我做的总是同一个梦，或者说是两个交织在一起的梦。我在睡梦中像转万花筒一样从一个切换到另一个。在第一个梦里，我发疯一样地在低空中飞快地穿过一个黑暗的空间，耳边一直有一种隆隆的轰鸣声，像是我身上装了台发动机。在第二个梦里，我急切地想洗澡，因为我觉得自己浑身脏兮兮的。我感觉自己全身黏糊糊的，沾满了泥，必须得洗一洗。我在梦里想着："这没什么难的，你只要起来就好了。起床，去浴缸里，没多远。"我在梦里决定要起床的一瞬间，现实中就醒了过来。我发现自己在座椅下面，安全带是解开的，说明我中间已经醒来过一回，我又往三连座的座椅下面爬得更深一些，想得到座椅靠背更好的保护。我像一个胎儿一样在那里又待了一天一夜，第二天早上，我发现自己身上沾满了泥浆和尘土。我想一定是下了一天一夜的暴雨。

我睁开眼睛，很快就明白发生了什么——我从飞机中坠落了下来，正身处雨林之中。我永远也不会忘记我睁开双眼时看到的画面：金色的光芒从高大树木的枝叶中洒下，把周围的一切照亮，染成深浅不一的绿色。这个场景像一幅画一样，永远烙印在我的记忆中。这种样貌的雨林和我从潘瓜纳了解到的一模一样，所以我一点儿也没感到害怕，但我感到了一种无边无际的孤独。我清楚地知道，雨林里只有我自己。刚才还坐在我身边的母亲消失了，她的座位是空着的。还有那位大腹便便、一上飞机就睡着了的男士，也没留下任何踪迹。

我试着站起来，但做不到。我的眼前很快又变得一片漆黑。我很可能遭受了脑震荡，感觉孤单无助。

我本能地看向我金色的手表，它还在走，我还能听见它轻微的嘀嗒声，但我读不出表盘上的数字。我看不清东西。过了一会儿，我知道原来是我的左眼肿了，眼睛看东西就像前面隔了一条很窄的缝。我的眼镜不见了，虽然我不是很喜欢它，但我从十四岁就戴着。不过我还是知道了大概时间。我根据太阳高度判断是早上九点。我又开始头晕，精疲力竭地躺回了雨林的土地上。

我不知道的是，秘鲁航空史上最大规模的一次搜救行动也在这时候开始了。从昨天下午开始，整个普卡尔帕市就陷入了一片骚动。市区在12月24日的下午和晚上都空空荡荡的，人们全都跑到机场去了，甚至连起飞的跑道上都挤满了人。秘鲁航空公司的这架飞机在离普卡尔帕大约十五分钟航程的奥永发出了最后一次无线电报，之后很快就在雷达图上消失了，从此毫无音讯。相互矛盾的信息让乘客的亲属又困惑又担忧，有些人希望飞机在其他地方紧急迫降了，然而这种希望破灭了。一段时间之后，大家不得不接受飞机下落不明的事实。从一切迹象来看，飞机很可能是遇到了一场在普卡尔帕都能感受到的剧烈雷雨，然后坠毁了。我家的一位朋友海恩里希·毛尔哈特也在人群中等着，他本来是接我和我母亲的，现在却得把这个坏消息告诉我远在人迹罕至的雨林里的父亲。

过了一阵子，我又试着站起来，成功地跪着直起了身子后，眼前却突然又黑了起来，头晕目眩，瞬间倒了下去。我试了一次又一次，最后不知道怎么做到了！这时候我才发现自己身上受的伤。我感觉右侧的锁骨很奇怪，伸手摸了摸，它显然是断了，不过断成两截的骨头上下错开了，所幸没刺破皮肤，不怎么疼。接着，我在我左侧的小腿上发现了一道大概四厘米长的伤口，呈锯齿状，看起来像一道峡谷，边缘参差不齐，像是被粗糙的金属边缘划开的。奇怪的是，这个伤口不怎么流血。

我意识到自己身边空无一人。我知道这里没有其他人了，我母亲也不在。但是为什么！她刚才明明还坐在我旁边！我四肢着地，在周围爬来爬去。我在找她，喊她的名字。但回应我的只有雨林的声音。

独闯 雨林

后来印加港的人告诉我，那天有一场可怕的暴风雨，风刮得格外凶猛。印加港是一座雨林里的城市，离我在空难后坠落的地方直线距离大概只有二十千米。有人声称飞机绕着这座城市飞了好几圈，然后在去雨林的方向上消失了。飞行员是不是想在印加港迫降？我对此表示怀疑，因为飞机的残骸是在平常的航线上被找到的，也就是说飞行员没有偏离航线。

后来人们从残骸中找到了飞机的黑匣子，我也从沃纳·赫尔佐格那里听说了灾难发生前驾驶舱里对话的内容。飞行员们随意地聊着即将到来的圣诞节、家人和孩子，以及希望尽快回到利马的心情。他们显然和我们这些乘客一样完全没有预料到接下来致命的风暴。飞机开始降落，准备在普卡尔帕着陆。我不知道飞行员们有没有其他的选择，但结果是他们把飞机开进了暴风雨中。

事故发生的时候，有个伐木工正好在雨林里，他说自己听到了一声巨响，就像爆炸了一样。后来搜救组在寻找失事飞机的时候，他把这个情况报告给了指挥员。然而搜救组并不相信他。因为据以往经验，人们提供的很多信息事后被证明是错误的，这让搜救组失去了对民众的信任。可这个名叫马西奥的伐木工，后来在我求生的过程中起到了至关重要的作用。这是命运的安排吗？

从那时起，有一个问题让我和其他人很困扰，那就是我究竟为什么从三千米高空中坠落之后只受了点儿伤，并且活了下来。就算后来我发现自己受的伤比我刚醒来时认为的要重得多，但和我的坠落比起来，身上的伤轻得有些不可思议。除了断掉的锁骨，我全身上下的骨头完好无损，身上的皮肉伤也简单明了。这怎么可能？发生奇迹了吗？或者有科学的解释？

和沃纳·赫尔佐格聊天的时候，我了解了三种不同的说法，而我能存活下来，很可能是三者结合的功劳。

首先，众所周知的是，在特别大的雷雨云中心会有强烈的上升气流，它可以把东西往上推，也可以接住往下掉落的人，甚至有可能把人往上举。这种上升气流很有可能减缓了我坠落时的冲击力。事实也是这样的。我在短暂的清醒着的时间里，确实感觉到了雨林仿佛在转着圈接近我。而且我认为，我当时可能像一粒枫树种子一样打着旋落向了地面，通过安全带绑在我身上的连排座椅就像枫树种子的小翅膀，带着我转了起来，让我坠落的速度变慢了。除此之外，一个当时参与了搜救的人告诉我，他们只找到了一排保存完好的座椅。这排座椅周围的雨林植物上长满了藤本植物，彼此之间连成了一张厚实的网。那可能就是我的座椅吧？不管怎么说，这些植物织成的网很可能缓冲了我下坠时的冲击力度，让下落的过程变得更慢，甚至有可能让座椅重新回到了我身体下面，像一艘小船一样撑着我从枝蔓之间落下，让我相当轻柔地落在了雨林的地面上。假如我当时没有这些保护直接落在了树冠上，我肯定不可能活下来。

这一切都说得通。但还有一个例外难以解释，令人震惊。从那时起就有很多人问我为什么没有在坠落的过程中因为惊吓而丧命。实际上，我一点儿都不害怕。我一边下坠一边清醒地看着雨林在我身下旋转的时候，就知道接下来会发生什么。可能是我清醒的时间太短，根本来不及害怕，但我宁愿相信是因为我们体内有一种保护机制，让我们在极端情况下不至于因为害怕而发疯甚至直接死掉。我的经验告诉我，遇到可怕事情的时候，人们往往会变得释然，情况越恐怖，越是这样。恐惧的感觉往往在事后才会显现，就像博登湖上的骑士的故事说的那样，他到了坚固的岸上才意识到自己刚才骑马走过的冰面有多薄，然后害怕地倒在了地上[1]。

1 这里用到的典故出自德国诗人施瓦布（Gustav Schwab）根据民间传说改编的叙事诗《骑士与博登湖》。

1971年12月25日，我从漫长的昏迷中醒了过来。这件事还没有结束。我当时明确地知道我从飞机里坠落了下来，但严重的脑震荡以及内心深处的震惊让我的心智不至于完全失去控制。我从小就在父母的亲身示范当中明白了，人们在大自然中遇到的绝大多数情况都可以通过冷静的心态和缜密的思考来应对。现在的情况正是如此。

我毫不怀疑自己能找到办法，能从这片雨林里走出去。在我还是个小孩的时候，我父母就经常带我去雨林，我们每次都平安无事地出来了。我只需要找到我母亲。但要怎么办呢？周围的一切对我来说都那么不真实。

对于从来没有踏入过雨林的人来说，雨林看上去非常危险。它就像一堵墙，穿过墙的光线都被染成了绿色，投下无尽的深浅不一的阴影。树冠的高度令人头晕目眩，相比之下，地面上的人类显得十分渺小。雨林里有各种各样的生物，但没有经过训练的人只能偶尔看见个头大一点儿的动物。动物们倏忽而过、簌簌作响、扑扑振翅、嗡嗡哼唱，偶尔咕嘟一声，或者发出咂咂的声音，时而尖啸、时而嚎叫，这种情况往往比能看见动着的动物要可怕得多。蛙类和鸟类发出的声音很不可思议，人们如果不认识这些声音，可能会误认为是其他动物，有时候会因此感到危险。除此之外，雨林里的湿气也不可小觑。就算没有下雨，早上的时候还是有水滴滴答答地落下来。雨林里的气味也很不同寻常，闻起来常常像是有东西发霉了一样。这种气味来自那些相互攀缘缠绕、共同生长然后又死去的植物。这些缠在一起的植物里可能有蛇，有些有毒，有些很安全，伪装得很完美，人们常常认不出来，会把它们当成树枝。如果有人认出了它们，往往会被生物本能性的恐惧压倒，要么被吓得动弹不得，要么落荒而逃。

雨林里还有数量巨大的各种各样的昆虫，它们是雨林里真正的统治者。蝗虫、椿象、蚂蚁、甲壳虫，以及色彩缤纷的蝴蝶。还有很多喜欢叮人的蚊子，以及喜欢在人的皮肤下或者伤口处产卵的苍蝇。有种没刺的野蜂，虽然不伤人，但喜欢成群结队地待在人类出了汗的皮肤上，或者紧紧地扒在头发里，像胶水一样粘住你。

我的优势在于我在雨林里生活过很长时间，对这些情况都很熟悉。我父母都是动物学家，他们基本上什么都教过我了，我只需要在我经历了脑震荡之后从昏昏沉沉的大脑中把这些知识都找出来。这些知识对于我来说，不是随便听听学学的东西，我得靠它们活下来。

这也是为什么我至今还会被邀请去参加访谈，上电视节目，甚至参与求生训练课程。我最常收到的问题是：如果在雨林里发生意外，要怎么办？

尽管我很了解秘鲁的雨林，对亚马孙地区的雨林也略知一二，但我的知识也就到此为止了。关于雨林里求生的必备方法，并没有一个统一的答案。雨林有各自不同的特征，在不同雨林里的规则也不尽相同。不管什么地方发生了坠机事故，我的电话就会开始不停地响。我的命运似乎让我成了从空难中生存下来的专家，而我不得不一次又一次地给出答复。几年前有一位年轻女性在刚果的雨林里失踪了，那时候有个记者来问我："您有什么建议给她吗？她应该怎么做？"

我给出的答案很令人失望："我还从来没去过刚果，我必须先去当地了解一下那里的情况，有哪些动物，哪些植物。每一片雨林都不一样。"我完全不是那种喜欢告诉别人应该做什么的人。我是最不可能指导那位年轻女性的，因为我自己的经历让我明白，不同情况下做出的决定是不一样的。

后来那个记者篡改了我的话，写我告诉她，如果有人在刚果的雨林里迷了路，那就救不回来了。这类事情常常让我对记者们很气愤。

还有那个在 2009 年 7 月从也门的飞机中坠落，掉在了科摩罗的海岸边的十二岁女孩。她也是那场事故唯一的生还者。她在海浪中紧紧抱着一块飞机的残骸，在海上熬过了整整一夜，我想那一定很恐怖。很多人都觉得她的经历和我的有共同之处，因为她在那场意外中也失去了她的母亲。但我们的相似之处也就只有这么多。"关于接下来的生活，你能给这个女孩一些建议吗？"有人这么问我。

这里我必须承认，虽然我的命运让我经历了很多，但除此之外我只是一个普通人，我和这个完全陌生的人唯一的共同点就是我们都从空难中生还了下来，但我并不因此就觉得自己有资格告诉她今后的生活该如何安排。这种问题让我觉得很烦，因为我觉得没有人有资格可以自作聪明地给别人提建议。不过也有一些有趣的事情。比如，有一次有个《南德意志报》的记者给我打电话，请我接受采访。他在电话里说："我还会送给您一枝淡紫色的兰花。"

"不胜感激，"我回答道，"不过您不需要非得这么做。您是怎么想到这个的？"

他回答道："我在网上看到的，您非常喜欢紫色的兰花。"

实际情况是这样的。有一位年轻的女记者到我工作的地方拜访我，那里刚好摆着这种植物。她在文章里写道，我很乐意躲在紫色兰花和其他植物后面。搞新闻的这些人的想象力有时候实在是让我很震撼。

时不时也会有关于其他话题的采访问题，比如说潘瓜纳的未来。我个人更喜欢这种问题，但大多数情况下聊的都是"那一件事"。那件事改变了我人生的轨迹，以至于我生活中的一切似乎都和它息息相关。

我的丈夫打断了我的思绪。

“这里，”他一边看着手表一边说道，“事情应该就是在这里发生的。”

我向下望去，看见一片树冠组成的海。我那时候就掉在这里的某个地方。我从这里开始，花了十一天时间，坚忍不拔地从荒野中找到了出去的路。我常常因为自己还活在这个世界上而感到惊讶，其他人的生命都去哪里了呢……

我终于摇摇晃晃地站了起来，打量了一下周围。除了我的座椅，什么都没有。我大喊，没有回应。我向上看。上面，茂密的树枝的另一边，阳光闪耀着。雨林厚实的绿色顶盖完好无损。如果几个小时前有一架飞机从这里坠毁了，那它应该留下了一条狭长的划痕才对，但我完全看不到任何痕迹。

我发现自己脚上的鞋子只剩下一只了，是只白色的凉鞋。我的前脚掌还踩着鞋面，脚后跟却露在外面。我想起发毕业证书那天我穿的也是这双鞋。我把鞋子留了下来。后来有许多人说，只穿一只鞋很好笑，还有人问我，只穿一只鞋走路也不舒服，为什么没把那一只凉鞋丢掉。我留着它是因为我不戴眼镜就看不清楚东西，穿一只鞋的话我至少有一只脚能得到一点儿保护。在潘瓜纳的时候，我们为了防蛇咬，每次进雨林都要穿橡胶靴子。我还穿了一条轻薄的、彩色拼接的印花短裙，没有袖子，裙摆上还坠着时髦的荷叶边。这身衣服不是理想的野外探险装备，更何况它后背上还有一条长长的裂缝，有一块布料掉了下来。我把自己的身体全身上下摸了一遍，在大臂上又发现了一处伤口，它在手臂后侧，很难被看到。这个伤口和十分钱硬币一样大，有几厘米深，跟我小腿肚上的伤口一样，不怎么流血。我在身上发现了敞开着的伤口，然而并不感到害怕。

过了一段时间医生才发现我坠落的时候扭伤了颈椎，我至今还常常因为这处伤而感到头痛。这也解释了我那时候为什么一直觉得飘飘忽忽的，因为受伤后头晕的感觉要好几天才会消失。

我突然觉得口渴难耐。身边的树叶上凝结了一些圆滚滚的水珠，我把它们都舔了下来。我绕着座椅走了一小圈。我很清楚，人在雨林里非常容易迷路，因为雨林的一切看起来都是一样的，我不会是第一个走了几步就无助地迷了路的人。在潘瓜纳的时候，我每次进雨林一定会带着弯刀，如果有时候找不到我们开辟的用来观察的小路，我就会按照父母教我的方法，每隔一段距离就在树皮上刻下痕迹。有一次，我在这么做了之后还是找不到方向，最后才发现自己一直在绕圈。我格外警惕，因为我身边没有砍刀，只能努力记住一棵格外显眼的树，不让它从我的视野里消失。

我一开始没有找到事故留下的任何痕迹，一点儿也没有。这让我觉得很惊讶。没有废墟，也没有其他人。接着我发现了一袋糖，还有一块经典的秘鲁式圣诞蛋糕“潘妮托妮”，这种蛋糕是意大利移民带到秘鲁来的。我饿得不行，吃了一小块，却发现蛋糕的味道很恶心。连续下了几个小时的雨把它彻底泡软了，而且蛋糕里还浸满了泥浆。我把它留在了原地，只带走了那袋糖果。

我在坠落的地方从早上一直待到下午，调查了周围的情况，恢复了一些体力。我也在找其他生还者，尤其是我母亲。我尽可能地大声喊着："喂！有人在吗？"然而，除了雨季青蛙此起彼伏的叫声之外，没有任何回应。

然后我听到了发动机轰隆隆的声音。我头顶有飞机盘旋着。我马上就知道了他们在找什么。我抬头看向天空，然而雨林的树长得太茂盛，不可能有人注意到我。一阵眩晕感向我袭来，与之相伴的还有一个念头：你得从密林深处走出去。过了一阵子，飞机飞走了，只剩下雨林的声音。

后来我得知，我当时离潘瓜纳大概只有五十千米。我并不知道这一点，但我认得这片雨林。我听见了一种很特殊的声音，这种声音从一开始就在那里，但我那会儿才意识到它是水滴落的声音，一种很轻的潺潺声。

我马上开始找这种水声的来源，然后在附近真的找到了一处泉眼，一股极小的小溪从中流出。

这个发现给我带来了很大的希望。我不仅找到了可以饮用的水源，而且还相信这条小溪可以给我指明逃生的路，它让我想起了我和父母一起生活在潘瓜纳的时候发生的一件事。

那时候美国伯克利大学的几个科学家来拜访我们，他们要去尤亚皮奇斯河上流的希拉山区，调查这片还未经研究的地区。他们刚到的时候遇到了意外，探险队领队的腿上不小心中了一发铅弹，必须立刻送去医院处理。他有两米多高，个头很大，很难直接把他背下山去，于是他们就派了一名学生去求助。这个年轻人不出所料地在雨林里迷了路，不过他知道该怎么办。他先找到了流水，跟着它一直走到了一条小溪边上，小溪又把他带向了更大的河流，最终帮他找到了一条大河，这条河就是尤亚皮奇斯河。就这样，他在两天两夜之后找到了潘瓜纳。

这个故事让我印象很深刻，我永远也不会忘记。而现在，我在泉水边喝足了水，简单清洗了一下，做出了决定。刚才这段时间里，我确认了周围没有其他从空难中生存下来的人，继续等下去也就没有什么意义了，搜救飞机也不可能从这里发现我。我听到的是父亲的声音，他常常告诉我，“如果你在雨林里迷了路，又找到了水流，那就待在它旁边，跟着它的轨迹，它会带你找到其他人的。”

后来媒体指责我，说我不关心受伤的人，自私地直接走了。有些报纸里甚至写道，幸存者们哭喊着在雨林里四处乱走，而我独自逃之夭夭。事实上，我根本没有找到其他幸存者。我不知道，如果我真的找到了受伤的同行者，比如我母亲的话，我会怎么办。我很可能会和他们待在一起，直到死去。现在我们都知道了，如果我没提供信息，人们永远也不可能找到出事飞机的残骸。

我就沿着那股细细的流水一直走。一开始的时候并不容易，总有树干纵横交错地倒在地上，或者有茂密的灌木丛挡住我的路。流水渐渐变宽，接着变成了一条小溪，河道上有一部分地面是干燥的，因此我能相对比较轻松地沿着大概五十厘米宽的小溪继续往前走。我第一个下午能走多远呢？我不确定。大概六点的时候天黑了，我在河床边给自己找了一个合适的、背后有保护的地方，准备在那里过夜。我又吃了一块水果糖，然后疲惫地睡了。

与此同时，尤亚皮奇斯河口的莫德娜一家收到了秘鲁国家航空飞机坠毁的消息。莫洛的叔叔艾尔维奥动身去找我父亲，但父亲只是摇头。“我的妻子和女儿不可能在这架飞机上，”他充满信心地说，“我特别叮嘱过她们，无论如何不要坐秘鲁国家航空的飞机。我妻子不可能登上这架飞机！”

艾尔维奥不知道该说什么了，他希望我父亲是对的。

第二天我父亲打开了收音机，在一条特别新闻中听到了那架坠毁了的飞机上的乘客名单。他听到遇难者当中有自己妻子和女儿的时候，该有多震惊啊。直到现在我都难以想象，他当时在潘瓜纳孤零零的一个人是怎么从这种痛苦中挺过来的。

12月26日，我醒来了，感觉自己睡得很好。可能是因为脑震荡，我觉得自己还是昏昏沉沉的。我一点儿都不害怕，也感觉不到疼痛，我只知道一件事：我要离开这里。

我沿着小溪继续走。我走得很慢，时不时得从树干上爬过去，而且这条小溪也有很多弯。这让我费了很多时间和力气，但我不戴眼镜就看不清楚远处的东西，所以也不敢跳过弯道抄近路。走丢的风险实在是太大了。这一带的地形凹凸不平，总有上下坡，我一路上经过了很多三四十米高的斜坡。水流的轨迹已经帮我找到了最简单直接的路线，我沿着那路线慢慢地一步步往前走就行。

我有一次遇到了一只狼蛛，它本来有可能扑上来咬我，但在小溪的另一边，我们警惕地打量了一下对方，然后又各走各路了。

河床上铺满了石块，很平整，水流也越来越宽，后来填满了整条河道。我开始蹚水走，每次都先用穿着凉鞋的那只脚着地。我时常听到头顶盘旋着的搜救飞机的声音。尽管我知道喊叫基本上是徒劳，但我依然在大喊。我当时所在的雨林太茂密了，去搜救的人看不到我，我也没办法让他们看到我。我唯一的机会就是一直走下去，走到一条宽一点儿的河流边上。雨林树木连成的顶盖在那里会断开，飞机就有可能看到我。我想，也许他们找到了其他人，也许我母亲就是获救的人之一。我紧紧地攥着这个念头。我受的伤这么轻，其他人肯定也有活下来的。

我不知道的是，那些飞机的搜寻都是白费工夫。事故发生后的两天里，人们提供了很多信息，然而绝大多数都被证明是虚假的。有个猎人自称看到了明亮的闪光，然后听到了爆炸的声音。一个伐木工人说，他在12月24日看到了一架飞机从低空中沿着希拉山飞过。亚里纳科查湖边那些美国语言学家，也就是那些传教士，为了给印第安人翻译《圣经》，在那里研究着他们的语言。他们的飞行员加入了秘鲁空军的行动。人们最关注的是托尔纳维斯塔——一个名为阿瓜斯卡利恩特斯的地方和印加港之间的一块梯形区域，因为有三种说法都陆续指向这块区域。我几乎整天都能听到搜救飞机的声音。然而搜救行动还是没有成果，雨林仿佛把飞机和乘客一起吞了下去。

由于谣言太多，政府还进行了新闻限制，只有官方的消息才可以发布。秘鲁空军的指挥官负责领导搜救，他宣布，发出警报的人都会被逮捕和审问。这道命令让百姓感到很不安，传言反而越来越多。市面上出现了一些匿名信，声称这是天神的惩罚，遇难的人罪名众多，因此受到了惩罚。

对于失踪者的亲属们来说，不确定的感觉过于强烈，漫长的等待难以承受。他们觉得自己必须做点儿什么，于是成立了民间巡逻队，为他们的诸多问题找寻答案。他们从印加港出发前往雨林，在搜寻过程中遇到了大暴雨的阻挠。有一个名叫阿道夫·萨尔达尼亚的人在给搜救队员送食物的路上，在中央大道上一段路况极差的土路上遇到了车祸，当场丧命。他的儿子就在失事的飞机上。这些事情让当时的人们变得更加悲观和绝望。

我对此一无所知，只是在雨林里一步接一步地走着，每次休息后重新上路都先迈出穿着鞋子的那只脚。我艰难地穿过挡在河道上的枯死的树木，毫不动摇地越过每一个障碍。坠机后的第三天，我在河床上发现了一台涡轮机，那是我在路上发现的第一块残骸。它有一面完全是黑色的。我想它一定是我当时看见被闪电击中的那一块。那个场景只是让我有点儿惊讶，因为我依然沉浸在脑震荡的后遗症以及那种强烈的震撼之中。多年后我才意识到这个发现的重要性。出乎我意料的是，我在二十七年后还会回到这个地方，而且是和电影导演沃纳·赫尔佐格一起。我在坠机后那些天完全无法相信的事情，后来也变成了现实。我又要在这条路上重走一段，又会看到更多的残骸和碎片，又要不停地问自己这怎么可能发生。然而我依然有很多问题找不到答案。

我在路上的头几天根本没有想过任何问题，一直都晕晕乎乎的。12月28日，我奶奶在坚信礼[1]时送给我的金色手表最终还是停了下来。实际上那块表根本就不防水，它能坚持那么久，已经算是通过了极端情况下的耐久测试。我短暂地想起了我的坚信礼，仪式是去年春天才在利马举行的，我父亲也在场，甚至还给我挑选了坚信礼的寄语：祝福追求智慧、向往理性的人们！学习知识胜过赚取银币，智慧的益处大过黄金。我当时并没有意识到这句话和我的境遇有多贴切，过了很久我才开始仔细思考这件事。如果没有对雨林法则的了解，我很可能已经不在人世了。

接下来，在我跋涉路上的第四天，我听到了一种让我的血液都冻结的声音。我很确信这种声音来自大型鸟类，它比一般鸟类的叫声更响，持续得也更久。我的这种知识当然要归功于我母亲，是她告诉我了这些。我希望并且祈祷那只国王秃鹫不是因为她而出现的，因为国王秃鹫只在雨林里出现了巨大的尸体时才会出来行动。“那边有国王秃鹫，它们正在吃死人。”这不仅仅是一种设想了，更是一种预感甚至是确信。

那也是我独自在雨林里行走以来第一次感到害怕。我看到了一

1 一种基督教仪式。孩子在十三岁时受坚信礼，之后才能成为教会的正式教徒。

排三连座椅，和我的一模一样，只不过那排座椅头朝下，向地里扎了大概一米深。还有乘客两男一女的脑袋也插在雨林的土地里，他们的腿怪异地向上伸着。

我在之前的人生中只看到过一次尸体。我那时候六岁，在普卡尔帕做客。我母亲去观察鸟类了，把我留给了她开锯木厂的朋友照顾。他们带我去邻居家过夜。那天晚上有个小孩死了，我们去给他守灵。人们会把逝者装入灵柩，亲人和朋友跟他进行最后的告别。那个小孩就躺在那里，肚子鼓鼓的。那时候的我好奇地看着这一切，也许只有小孩才能这么坦然地面对死亡。那天晚上我母亲回到家之后，我还告诉她："妈妈，我今天长见识了，我看见了一个死掉的小孩！"然而我母亲却气得不行，还训了我几句，说那个小孩很可能是得了黄热病或者伤寒死的，我跟着去有可能会被传染。

那时候的我还小，只是惊奇地看着这一切，把它当成了一件有意思的新鲜事。然而现在的我却因为眼前的尸体而难以控制自己。一种无名的恐惧抓住了我。我还是强迫自己待在这里，仔细地查看这些尸体。它们还是完整的，但国王秃鹫已经坐在树上了。它们在等待。这种感觉糟透了。我脑海中突然闪过了一个可怕的念头：万一那是我母亲呢？我小心翼翼地慢慢走向那些尸体，仔细观察着那位女士的脚，就好像我能判断出她是谁一样。我拿来了一根小棍子，用它小心地把那只脚转了个方向，想查看脚上的指甲，发现上面涂了指甲油。我松了一口气，因为我母亲从来不涂指甲油。

那一瞬间我突然意识到自己这么做很蠢。我母亲就坐在我的旁边，和我在同一排座椅上，不可能是这位女士。你怎么会没想到呢，我问自己。然后感觉轻松了很多。但后来我为这件事感到很惭愧。

我四处打量着，看周围还有没有尸体或者是受伤的人。地上除了散落着的一些金属碎片，没有别的了。于是我转过身，继续赶路。我又听见了搜救飞机的声音。我知道，我必须抓紧时间了。

今日的  普卡尔帕

我们安全地降落在了这个小机场。它见证了很多绝望的场景。莫洛已经在等着了，我们像往常一样拥抱了彼此。我们都没有变年轻，他以前乌黑的络腮胡有些开始变白了。我们一起经历了那么多事情！然而莫洛还是按照礼仪很少喊我的名字，在别人面前执拗又有点儿骄傲地称呼我为“博士女士”。如果我们和他的家人单独在一起，我就变成了“女邻居”，他的妻子内利把它改成了亲切的“邻居姐妹”，我也是这么称呼她的。

通往机场的路和高速路的连接处有一片墓园，隔着墙我能认出一些比较高的墓碑，其中有一个格外大的，是用来纪念秘鲁国家航空空难中遇难者的。逝者中有五十四位被埋葬在这里的传统壁龛里。盖着棺材的巨大方石上站着两个天使，一个在哭泣，另一个在安慰前来吊唁的人。他们之间有一块圆形的牌子，上面有一架坠毁了的飞机的浮雕，还有一张非写实的地图，地图上用虚线描出了我那时候走过的路。边上写着：Ruta que siguió Juliana para llegar a Tournavista（朱莉安走到托尔纳维斯塔的路线）。这组雕塑的底座上用大写字母刻着：ALAS DE ESPERANZA（希望的翅膀）。

这也是沃纳·赫尔佐格给我们一起拍摄的纪录片取的名字。我常常会琢磨这座纪念碑奇怪的名字，它所要纪念的那些人其实并没有希望。人们充其量能把我这个幸存者当作短暂的希望的象征，然而考虑到那么多的遇难者，我总觉得这样有些傲慢。我不久前才得知，那时候有一个由传教士们成立的组织，在雨林里开着飞机进行搜救，名字叫作 Alas de Esperanza。这个组织也参与了对失事飞机的搜索，而且飞行员罗伯特·魏宁格应该是第一个看见飞机机身碎片的人。

说起来奇怪，很多年来我都不知道这座纪念碑的存在，从来没有人跟我提过它。一直到 1998 年，沃纳·赫尔佐格才带我来了这里。我那时候就很震撼，绝大多数遇难者居然这么年轻。有一家人失去了两个女儿，她们那时一个十五岁，一个十八岁。另一个家庭甚至失去了三个女儿，全都还是小孩。玛丽·伊莱恩·洛佩兹打算在 1972 年 1 月 22 日结婚，她和她的妹妹一起死了。萨勒斯一家也失去了三个成员，其中包括一位母亲和她五岁的孩子。1972 年 1 月 24 日，在普卡尔帕发行的《形势报》的一期特刊上，我了解到了遇难者的更多细节。有一个小女孩不在乘客名单上，她的朋友生病了，于是把机票转让给了她；有一个年轻人订了 1971 年 12 月 26 日的票，却坚持要早点儿飞走，后来有一个乘客退了票，他才坐上了这班飞机；一个男人因为工作原因没法坐这班飞机，把机票给了他的女朋友；鲁道夫·比利亚科塔是在有奖竞赛中赢来的这张秘鲁国家航空的机票。

我在普卡尔帕的时候，总会去看看这座纪念碑。我每次都会仔细端详壁龛正面上的那些小照片，它们按照当地的习俗装在椭圆形的小框里。这里是那两姐妹，那里是那个拿了她朋友机票的女孩子。在我上次离开之后，这里似乎又有几个小格子被清空了，几处地方有手写的遇难者的名字，用的是黑色颜料，字体又大又粗笨，仿佛倔强地想让人们记住，想阻止这里的衰败以及随之而来的遗忘。我离开墓园的时候，一位正在清扫道路的老人跟我打了招呼。他说我能一直来这里看看真是太好了。他知道我是谁。他很难过地补充道，就算是在这里，在普卡尔帕，人们也都渐渐忘了。

我们离开墓园之后，继续驱车去拜访莫洛的叔叔贝波。他家绿树成荫的院子就在离乌卡亚利河岸边不到一百米的地方，是我们今天办各种事情途中的落脚点。我们在这里也有很多要做的事。我们坐在贝波叔叔的花园里的桌子边，莫洛忧心忡忡地皱着眉头，给我展示了一些购买土地要用到的文件。这块地买来之后，潘瓜纳的面积就能得到扩大。莫洛在查看过这块土地之后发现，原来的所有者之一没有完全跟我们说实话。这些土地都在雨林里，因此想弄清楚要怎么买某一块、地块之间的界限如何划分总得费些工夫。一些用来证明所有权的文件已经有些年头了，像历史文物一样，纸张变得又脆又软，内容还是手写的，甚至有不少都是按了指印的。有些地块的买卖是双方握一握手就成交了，最好的情况也只有手写信做证。这八块土地的所有者几乎都不愿意花钱和时间去土地登记局办理入册手续，现在只能由我来补办。我去利马的环保部申请把扩大后的潘瓜纳建成自然保护区的时候，可不能拿着这么几张纸去。

“这里，”莫洛强调道，“看看这个。”

有一个土地所有人把一块地作为原始雨林卖给了我们，这块地的大部分确实也是原始雨林。但剩下的一小部分很多年前就被邻居改造成了养殖场使用，好在面积不大。

这让人很生气。然而现在重要的是，这里的界限具体是怎么划分的，旁边那块地的主人愿不愿意去别的地方养他的牲口。这件事也告诉我们，我们必须抓紧时间，保护剩下的雨林不被砍伐，甚至有可能得在这里建栅栏。莫洛看起来不是很高兴，但他知道自己得继续负责这件事，毕竟他从2000年起就是潘瓜纳正式的管理者了。

我们接着拜访了一位律师，他负责土地登记入册的事务。至少我希望如此。我去年到潘瓜纳所属的地区首府印加港拜访了一位公证员，但却失望而归，因为他只是敷衍地给我算了几个数字，除此之外什么也没做。因此我有点儿怀疑这个新律师也会这么做。他的办公室紧挨着一个阳光充沛的带顶的天台，我在拜访他的时候出了一身汗，不过结果让我很满意。我似乎终于找到了一个知道自己在干什么的律师。他告诉我办潘瓜纳的事情得去一趟印加港，去市政厅给八块地补交一笔欠了很久的费用。我并不在意这些，也许在市政厅就能完成一部分登记手续。在普卡尔帕，没人告诉我到底有没有这种可能，但我们去了就会知道。有块新土地上的那个养牲口的邻居也住在印加港，我希望能直接跟他聊一聊牧场的问题。

莫洛、他的妻子内利、我的丈夫和我轻快地坐上了两辆自由地到处飞驰的彩色摩托汽车。这种由摩托车改装的出租车很可爱，近些年来在普卡尔帕的街上很常见，虽然给城市带来了喧闹的噪音和刺鼻的尾气，但也方便了人们在大街小巷里穿行。这种车一般有顶，可以坐两个人，紧急情况下能挤进去三个。我每次坐着这种车颠簸着穿过城市，和很年轻的司机闲聊着，听他们讲城市里最新的故事，觉得很有趣。

我们的目的地是一个我们经常去买东西的市场。有时候要买的是一双新的橡胶靴子，有时候是在潘瓜纳用的床单或者浴巾，有时候是我丈夫用来装昆虫的可密封塑料容器（他和我一样是动物学家，研究的是寄生蜂）；或者买些雨林蜂蜜（这种蜂蜜很稀，味道也不甜，甚至有点儿酸苦味）。野生的无刺蜜蜂把巢建在高高的树上，要采集它们的蜜，就得小心地把树从后面锯倒，迅速把盆子形状的蜂窝偷走。蜜蜂修好了新巢之后就会重新开始产蜜。既然已经来了，我们就到卖各种草药和药物的摊边看了看，买到了一种猫爪草，它是钩藤制成的药膏，据说包治百病，还买了一种治牙痛的植物的根。碰巧在我出发前几天，牙医告诉我，我的牙需要做根管治疗。

我非常喜欢这个市场，这里有色彩鲜艳的水果、蔬菜和土豆，以及在雨林城里的日常生活中所需要的各种东西。我和母亲往返于利马和潘瓜纳之间的路上经常来这里，我们的购物清单总是很长。

今天也是这样。我们得在这里买在潘瓜纳生活需要的所有东西，从饮用水到厕纸，然后把它们一起带走。我们去的是一家很大的生活用品店，那里的东西按批发价会便宜一些。这家店的人已经认识我们了，因为我们每次去尤亚皮奇斯河上探险之前都会来这里囤货。

等到所有的包裹都在摩托汽车上装好，一路呼啸着被运往贝波叔叔家去之后，我们终于松了一口气。快到傍晚了，而我们在早餐之后只随便吃了点儿。

“你们怎么说，”我问我的旅伴们，“要不要动身去亚里纳科查，顺路找家水上餐厅吃点儿东西？”

没人反对，接着一辆出租车停在了我们面前，毕竟开摩托车去乌卡亚利河上的水上餐厅还是太远了。

我们被安排在了紧挨着水边的座位上。我们点了鱼，因为没有什么地方的鱼能比这里的新鲜。我望向湖面，看见渔民们乘着船在湖里架设固定的捕鱼网。我想当时就是这样一条船救了我。其他人闲聊着，我的思绪却回到了那个时候，我一边沿着水流走，一边希望着……

大 河

我希望能找到有人居住的地方。水在我脚边流过。我坚定地迈着一步又一步。这条小溪变得越来越大，后来几乎算得上是一条河了。我每天都过得差不多，努力计算着日期，不让自己失去时间感。阳光的强度能告诉我大致的时间，热带地区早上六点钟天亮，晚上六点准时天黑。然而雨林的树木很高大，茂密而厚实的树冠让我很少能看到太阳本身。

不知道是什么时候，我吃掉了最后一颗糖，而其他的东西我不敢吃。当时正处在雨季，所以几乎找不到果子。我身边没有刀，也没办法砍开棕榈树吃里面的心。我也不能捉鱼或者是煮些植物的块茎吃。我知道雨林里的很多东西都有毒，所以但凡不认识的东西，我都不去碰。我从小溪里喝了很多棕色的水，里面掺了被泡软的土，可能是因为这一点，我才不觉得饿。

尽管我努力记了数字，但还是搞混了日期。12月29日或者30日，也就是我旅程中的第五或者第六天，我听到了一声鸟叫。我的心情一下子从无精打采变成了狂喜。那显然是麝雉(shè zhì)的声音。我不可能搞错，这种鸟的叫声咕咕嗒嗒的，有些呜咽，我在潘瓜纳的家里经常听见。这种鸟只在开阔的水面附近筑巢，而这正是我希望的，因为河边会有人居住！

我重新获得了动力，努力跟着这种鸟的声音，走得更快了一些，很快就看到了“我的”小溪汇入了对面的一条河。然而如果我那时打算尽快走到那里，我就犯错了。那个河口被数量众多的浮木堵住了，而且长满了茂密的灌木。我很快就意识到自己不可能穿过这片地方，于是决定绕过障碍，离开河道。我花了好几个小时在雨林里艰难地走着。这个河口长满了四米多高的芦苇和甘蔗，锋利的草茎一不小心就会割伤我的胳膊和腿。然而麝雉的鸣叫和搜救飞机的隆隆声一直在给我加油打气。

我母亲深入地研究过这种麝雉，也叫爪羽鸡，她观察并记录过它孵化时的重要细节。这种动物非常有趣，它们来自一个古老的、南美特有的鸟类的目，长得非常漂亮。它们的雏鸟的翅膀上长有爪子，让人联想起远古的鸟类先祖——始祖鸟。成鸟的巢不仅修得很邋遢，而且还在水面上，所以小雏鸟就很需要这种爪子，万一它们从巢里掉了出来，就能用这种翼爪抓住树枝，重新爬回去。此外，这种雏鸟还非常擅长游泳。

我终于来到了一条大河的岸边。我估计它大概有十米宽，周围的景色很美，然而我连一个人影都看不到。我马上就明白了，河上有那么多的树干和其他浮木挡着，不可能通航。我抬头向上望去。在雨林里经历了这么多昏暗的日子之后，我终于又能在头顶看到毫无遮拦的开阔的天空了。那些搜救飞机去哪里了呢？它们的声音听起来感觉离我很远。有一次有架飞机“心不在焉”地在我头顶绕了个弯，我又是大喊又是挥手，然而全是徒劳。它跟其他的飞机一样，掉了个头就飞走了。四处一片寂静。我告诉自己，它还会回来，一定还会。然而时间一分一秒过去了，我前几天几乎一直能听到的发动机轰鸣声却没有再出现。最后我明白了，它们显然是放弃了搜救。有可能其他人都得救了，就剩下我自己。只有我自己。

一股无边的怒火向我袭来。我不知道自己为什么还有力气闹那么大的脾气。我费了那么多天的工夫，好不容易走到了开阔的水边，它们怎么能掉头就走！他们明明可以看到我的！然而我的怒火燃起得很快，消失得也很快，取而代之的是一种巨大的绝望。我站在那里，站在一条大河的岸边，孑然一身。离开雨林一段距离之后，我才清楚地意识到自己周围的雨林有多宽广。我估计附近的几千平方千米都没有人居住。我知道，要想在这里遇见其他人，得靠意外中的意外才行。我意识到自己的希望很渺茫了，然而我没有放弃。

它毕竟是一条像模像样的河，而我父亲经常告诉我，有河的地方附近肯定有人类。“他们迟早会出现的，朱莉安，”我鼓励自己道，“没有理由在这个时候放弃，你马上就要得救了。”

我打起精神，思考着接下来该怎么办。河岸边上的植物太密了，我不可能走过去，而且我也担心自己因为不戴眼镜会光脚踩到毒蛇或是蜘蛛。于是我给自己找了一根棍子，一方面为了防止滑倒，另一方面用来探路，然后开始沿着岸边水浅一些的地方往下走。我知道岸边的淤泥和河中的急流里可能会有危险的魔鬼鱼，而且很难看得到它们。我如果不小心踩了上去，脚底就会被有毒的刺扎到，腿会肿起来，人会发高烧。魔鬼鱼的毒虽然不会致死，但伤口常常会混进来脏东西，有可能会导致败血症。在我当时的情况下，这种病可能是致命的。我都是在潘瓜纳跟着父母和邻居学来的这些知识。我知道水里会有哪些危险，所以我走得很谨慎，每一步都会留神。水里有很多树干和枝杈，脚下的地要么是滑溜溜的石头，要么是很深的淤泥，我时不时就会陷进去，走得很费力。所以我很快就决定去河中间，在深水里至少没有被魔鬼鱼扎到的风险，那里虽然有食人鲳，但我知道它们只有在静水里才会伤人。我当然还有可能遇到凯门鳄，但通常情况下它们不会袭击人类。我来到了水流当中，依然毫无畏惧。我又重新获得了找到出路的信心。

我只是隐约这么猜测着，并不真的知道对幸存者的搜救很快就结束了。我也不知道搜救队至今为止没有找到飞机残骸，因此也没有一个人被救了出去。这对我来说反而是好事。最重要的是，我不知道除了我之外还有几个人其实活过了坠机，但因为没有我这么幸运，最终没办法离开他们落地的地方。这些人中就有我母亲。我在每一个难以入眠的夜里都在想着她。脑震荡的感觉过去之后，我就再也没法进入那种几乎像是昏厥一样的睡眠状态了。夜晚显得很漫长，一片漆黑，而我不得安宁。

等到太阳渐渐落下，大概五点钟的时候，我就得在岸边给自己找个安全一些的地方，准备过夜。我每次都尽量找个背后有些掩护的地方，比如说有个小斜坡，或者有棵大树的地方。然而想睡着是几乎不可能的。要么有蚊子，要么有烦人的小糠蚊闹得我根本无法入睡。糠蚊也是蚊子的一种，喜欢咬活人的皮肤。我脑袋周围环绕着嗡嗡的声音，这些烦人的家伙甚至想钻进我的耳朵和鼻子里。夜晚的时间总是很难熬。我累得要死，每次快要迷迷糊糊睡着的时候，却又被虫咬到痛醒。更倒霉的是有时下雨，虽然蚊子们不来烦我了，却有冰冷的雨水无情地打在我身上。我穿着薄薄的夏衣，浑身上下都被淋透了，几乎快要被冻成冰块。尽管白天的时候天气很热，可雨季的夜晚会突然变冷，每一滴冰冷的雨水都像针一样刺在我身上。除了雨，还有风，它吹得我直打寒战。我躲在枝叶繁茂的树下或者是浓密的灌木丛里，捡一些大一点儿的叶子，尽可能让自己身体暖和。

然而这一切都没什么用。我在无尽的黑夜里无依无靠地蜷缩在某个角落里，全身都湿透了，心头涌起漫无边际的孤独。我感觉自己仿佛被丢在宇宙的某个地方，独自找着出去的路。这种时候，我总是感到绝望。

我常常想起我母亲。她怎么样了呢？是不是已经得救了？我不敢去想她可能和我看到的那三个人一样，连着座椅一起撞进地里然后丧命。我问自己，父亲可能会做什么呢？他在哪里？听说坠机的事情了吗？

我经常会问自己怎么可能独自在雨林里醒来，其他乘客去了哪里，为什么在雨林里连一条小路都看不到，那架飞机落在了什么地方。我也会总结我至今为止的人生，它是那么的平平无奇——至少在我看来，很长一段时间以来都没有发生过令我兴奋的事。我和其他人一样，只是一个年轻的女孩，喜欢动物，生活中很爱看书，爱和朋友们一起看电影，学习成绩很不错，人们把我放在哪里我就去适应哪里的环境——不管是在雨林里还是在利马都是这样。我几乎没有考虑过生命的意义，虽然我受了新教的洗礼，前不久参加了坚信礼，但我父母信仰的其实是一种哲学性的自然宗教，它把太阳推崇为万物之源，因此我父母也没有明确地对我进行宗教方面的培养。他们觉得我应该构建自己的看法。他们只是对我进行了基本的基督教教育，进一步的要求在他们看来没什么必要。

我每天夜里都祈祷，祷告的内容基本上都和我母亲有关。我和她的关系一直都很亲密，她不仅是我母亲，也是我的朋友，我和她的关系比我和父亲的更亲近，而我母亲几乎是我父亲唯一真正敞开心扉的对象。我知道我能活下来已经是个奇迹，但我很好奇为什么偏偏是我。不过我也明白，我必须熬过眼前的困难，我向上帝祈祷，希望我能找到人类，希望我能得救。我要活下去，即使我的身体日益虚弱，我也要活下去。于是我开始思考，等这一切都过去了，我的人生要用来做什么。

这个问题我想了很久。

我和我的朋友们一样，都考虑过从学校毕业之后要做什么。我从小就想和父母一样研究生物，然而我从来没有仔细思考过为什么。我喜欢动物，对植物感兴趣，我父母做的事看起来也很有意思。在一个又一个雨夜里，我想如果能把我的人生奉献给一些更大、更重要的事情就好了，我想要做一些对人类和自然都有益处的事情。然而我完全不知道要做什么。我只是觉得我接下来的人生应该对这个世界有些意义，我从飞机里坠落，却只有几道划伤，一定是有什么理由的。

在接下来的几天里，这“几道划伤”却让我有点儿担心。腿肚子上的那道割伤肿了起来，伤口周围长出了不成形状的发白的肉，不过我并不觉得疼。右边大臂后面藏着的那处伤就不一样了，我必须使劲往后扭头才能看到那里的情况。我惊慌地发现伤口里有一些像芦笋尖儿一样的白色的蛆(qū)冒了出来，幼虫大概都有一厘米长了！这显然是有麻蝇把卵荚产在了我的伤口里。这种情况我知道是怎么回事，但这次我的知识让我很担心。

我的串种牧羊犬乐宝之前染过虫病。我们当时没注意到它肩膀上有一条小小的伤口，而苍蝇就在那里产了卵。蛆虫躲在皮肤下面，往肉里越钻越深。它们很擅长找路，巧妙地避开了血管，这样伤口就不会流血。它们在乐宝的皮毛下面挖出了一条一直通到爪子的深深的通道。乐宝在夜里呜呜地叫，我们想知道它哪里不舒服，然而却看不到那些蛆。后来它的腿肿了起来，散发出难闻的臭味，那时候它已经难受到不让人碰它了。后来我们终于发现了伤口。一般情况下，蛆可以被酒精从身体里赶出来，然而我父母说我们不能这么处理，不然小狗会疼疯的。于是我们往伤口里倒了煤油，在不会让乐宝很疼的情况下把蛆一只只地赶了出来，然后把可怜的乐宝送去看了医生。之后，它的伤口愈合得很顺利。

因此我知道我得把这些蛆搞出来。我手头上既没有酒精，也没有煤油，只有一个银质的螺旋状的戒指，于是我把它掰直，试着用它把那些蛆钩出来。可每当我自制的小钳子一接近伤口，那些蛆就躲进了我的肉里。我又用我手表搭扣上的扣环试了一下，也没有成功。

一种非常难受的感觉笼罩在我心头，身体里面活生生地被蛆啃着可不是什么舒服的事情。我知道那些蛆和其他的寄生虫一样，一开始不会对宿主造成伤害，可我成天在棕色的掺了土的河水里游泳，伤口感染的话就不好说了。如果胳膊感染了，我最后有可能得把它切掉。我以前听说过类似的情况，我可能并不是第一个要经历这些的人。

我暂时没什么解决办法，于是就继续往前游。我早就发现河岸边的野生动物都很温顺，看到的鼬和短角鹿一点儿都不怕我，吼猴的声音也离我很近。这些动物通常都很谨慎。我知道这意味着这条河上和附近的雨林里都没有出现过人类，而且周围的好几千米都会是这样。我尽可能让自己不去想这些。

我的身体变得越来越虚弱。虽然我不觉得饿，但我注意到自己做事越来越费力了。我喝了很多河水，胃被填满了，但我知道我应该吃些东西。我已经走了几天了？七天？或者八天？我掰着指头数了数，意识到 1972 年可能已经开始。我母亲无论如何要和我父亲一起跨年，她也是因此才不愿意继续等下一班飞机的。现在，我父亲可能在哪里呢？

我前不久才在我姑姑的遗物里发现了几封我父亲那时候写的信。他在 1971 年的 12 月 31 日写道：“现在已经过去一周了，飞机还是没有找到。但至少天气还不错，各个方向上的搜救行动都能正常进行。

我住在怀尔维奇先生的庄园里，这里有一块停机坪，也装了信号发射台和接收器。我们可以询问普卡尔帕的情况，了解搜救行动的进展。”他在后面列出了自称听到了飞机的声音或者是爆炸声的证人的各种各样的说法以及相关的推测。他后来发现，这种声音有可能来自附近的希拉山区，持续不断的雨水在那里导致了一场山体滑坡。我第一次读我父亲整整齐齐的笔迹时，一直在思考他当时是什么感受。一段时间之后，他在写的第二部分信里才流露出了感情。当时有一位来自美国的名叫克莱德·彼得斯的复临信徒，开着飞机降落在怀尔维奇先生的庄园里，给他带来了勇气和鼓励。有些人认为秘鲁国家航空的这架飞机肯定在什么地方紧急迫降了。我甚至能从我父亲的笔迹里看出他心里重新燃起的希望之火。

我在长途跋涉中完全不知道这些事情，心里想着的只有一件事：我要找到其他人。白天的时候我要么游泳，要么让水流带着我往前漂，夜间我偶尔会遇到大一点儿的动物。有一次我正在灌木丛里努力入睡，却听到了动物呼呼噜噜的叫声以及爪子刨地的声音。我知道它应该不是美洲豹，也不是豹猫，很可能是只驼鼠。驼鼠是一种啮齿类动物，体形和中型犬差不多，皮毛是棕色的，上面有成排的白色斑点。我清了清嗓子，没想到把那只动物吓了一跳，一边大声咕噜着一边蹦着逃走了。

第二天早上我感觉上背部有股刺痛感，伸手一摸发现流血了。我在水里游泳的时候，皮肤被太阳晒伤了，已经裂成了小块。我后来得知，那属于二级烧伤。可我对此也没有办法，只能继续在水里前进。水流变得越来越大，我在虚弱的状态下只需要让自己不要撞上水里漂着的树干，以及不要在其他障碍物上再受伤了。

我不算好用的眼睛总是捉弄我，让我以为岸边出现了房子屋顶。我的耳朵也在欺骗我，我有好几次都以为自己听到了咯咯的鸡叫声。不过那声音不是鸡叫，而是来自一种鸟。尽管我能清楚地认出这种声音，但我还是常常上当。我常责怪自己为什么这么傻，明知道那不是鸡叫的，然而我还是继续犯同样的错误。我想要找到人类的愿望实在是太迫切了。

我累了，真的累坏了。我在夜里幻想着有东西吃，从精致复杂的菜式到简单的料理。早上从不舒服的小窝里站起来走进冷水里，也变得一天比一天艰难。坚持下去到底有什么意义？我用尽全身力气告诉自己：我必须走下去，否则会死在这里。

有一天中午，阳光毒辣，我在河里找到了一片沙洲，打算坐下来稍微休息一会儿。我游走在半梦半醒的边缘，几乎快要察觉不到河岸上到处都是一直折磨着我的黑蝇。就在那时，我听到了一声熟悉的尖细的叫声。这种声音来自年轻的鳄鱼。我睁开眼，在紧挨着身边的地方看见了几只大概只有二十厘米长的幼年凯门鳄。我吓得跳了起来，因为我知道这种处境很危险。如果这些幼崽的母亲发现了我的存在，一定会攻击我的。可它就在离我不远的地方，气势汹汹地准备向我爬来。

我呢？我重新回到了水里，让水流推着我继续前进。我之前已经遇到过巴拉圭凯门鳄了。它们一开始在岸上打盹，注意到我之后就会突然惊醒，从水里向我扑来。如果我不熟悉这片雨林，肯定会惊慌失措地跑上岸，然后一直往雨林里跑。但这样的话我就活不下来了。我选择相信自己在潘瓜纳学到的知识：凯门鳄不管从哪个方向感觉到了危险，都会逃进水里，就算它们从人身边或者脚下游过，也不会攻击人。然而我在的地方有这么多凯门鳄就意味着这条河附近没有人类生活。后来我得知，那时候整条河上都没有人居住，如果我只是在某个地方躺下去，人们可能就永远找不到我了。

我选择继续往前走，一直往前走。

我的身体越来越虚弱，几乎没有力气站起来，我知道如果我不想死的话，就得吃点儿东西。但能吃什么呢？

现在是雨季，到处都有蹦蹦跳跳的青蛙。我突然想到得抓一只青蛙吃，尽管我知道它们是箭毒蛙，吃下去肯定会不舒服。有些种类的箭毒蛙会被印第安人拿来给弓箭涂毒，好在这里的箭毒蛙毒性很弱，毒不死成年人，然而我依然不确定自己现在这么虚弱的身体能不能承受得住。尽管这样，我还是一次次尝试去捉它们，可惜都没有成功。有一次有只青蛙离我嘴边不到十五厘米，却在我伸手抓它的瞬间逃走了，这格外让我感到沮丧。

我又听到了假的鸡叫声，而且我又上当了。有一次我意识到自己又搞错了的时候，差点儿哭出来。

我在水里漂流着度过了第十天。我常常会撞上水里浮着的树干，得花很大力气才能从上面爬过去，我还得注意撞上去的时候不让自己骨折。晚上的时候，我发现了一片沙砾构成的河滩，觉得这是个睡觉的好地方。我躺了下去，昏昏沉沉快要睡着的时候，从眯着的眼睛里看见了不属于这里的东西。我以为自己在做梦，睁开眼睛却发现是真的。岸边停着一艘小船，它不算小，是当地人常用的样式。我告诉自己这不可能，肯定是产生幻觉了。我揉了揉眼睛，又往那边看了三次，发现那艘船一直都在那里。

我游了过去，抓住了它，这时我才真的相信它的存在。船很新，完全能正常使用。紧接着我还在河岸边发现了一条五六米长的小路，一直通往河边斜坡的上面，那里有踩出来的阶梯。我之前怎么就没看见呢？我必须到那里去，那里肯定能找到人类！但我太虚弱了，走这几米的路就用了我好几个小时。

我终于到了。我看到了一座简单的坦博（Tambo）小屋，几根柱子上支着棕榈树叶做成的顶，地上铺着博纳棕榈（Pona Palme）

的树皮，大概有三四平方米。船的外置马达也放在这里，我留意到它的功率是四十马力（就好像这很重要似的），旁边还有一桶汽油。周围完全看不到人影，但有一条通向雨林的小路。我确信船的主人随时都有可能从那里走出来。那桶汽油提醒了我，让我想起了身上的蛆，它们有时候让我感到非常痛，而且在过去几天的时间里又长大了一点儿。我按照当时照顾乐宝的方法，通过往自己的伤口里滴一些汽油把那些蛆赶出来。我花了很长时间打开了上面的旋盖，然后拿找到的一小截软管吸起了一点儿汽油，把它浇在我的伤口上。一开始我痛得要命，胳膊里的那些虫子想要逃到肉更里面去，于是在我的肉里越咬越深。不过它们最后还是跑上来了。我用掰直了的戒指从伤口里钩出了大概三十只蛆，累得精疲力竭。后来我发现那只是很小一部分，但依然对自己采取的行动感到很骄傲。

还是没有人出现。天渐渐黑了，我决定在这里过夜。我一开始试着睡在小屋的地板上，然而地上的树皮太硬了，还不如去河边的沙滩找块儿地方。于是我从小屋里借用了一块防水布，盖在身上睡觉了。这一夜我没有受到蚊虫的叮咬，睡得比在五星级酒店还要舒服。

第二天早上醒来，我还是没有看到任何人，我考虑着下一步的计划。也许接下来的几周都不会有人来。我知道偶尔会有设陷者或者伐木工会用雨林里的小屋。或许我真的该继续往前走？我想过要不要乘着这艘船往河的下流划一划，然而我觉得自己不能这么做。

也许船的主人现在就在雨林里的某个地方，回来的时候就要用这艘船呢。我不能为了救自己的命而让其他人承担生命的风险。此外我也不确定自己虚弱的身体还能不能划得动船。我一直犹豫着要不要重新踏进水里，到了中午，天突然下起了倾盆大雨。我躲回了小屋，把防水布搭在肩上，什么都感觉不到。我又试了几次捉青蛙，然而都是白费工夫。

下午的时候雨停了，我的理智告诉我必须往前走了，然而我只是有心无力地坐着。我已经没有力气站起来了。“我再休息一天，”我这么想着，“明天就走。”我时而感到绝望，时而又充满希望，时而无精打采，时而又会振作。

我想其他人肯定早就被找到了，只剩我自己还在路上。我觉得很奇怪，人怎么能就这样直接消失，而且其他人还完全不知道呢？这种奇怪的感觉填满了我的胸腔，渗入我的五脏六腑。我有可能现在就会死在这里，永远不会有人知道我遭遇了什么，没人会知道我这一路走得多么艰难，走了多远。我已经太久没吃东西了，再这样下去的话肯定会饿死。我之前一直觉得人饿死的时候一定会非常痛苦，然而我却不觉得疼，甚至都不觉得饿，只是感觉彻头彻尾的虚弱和乏力。我又试着去抓青蛙，一次又一次。就这样，一天过去了。

天色慢慢变暗，我听到了一些声音。我简直不敢相信我独自过了这么久！我对自己说，“你又产生幻觉了，就跟以前一样。”但这次真的是人类的声音，它们离我越来越近。从雨林里走出了三个男人，他们看见我的时候很震惊；停住脚步后又不自觉地往后退了几步。我开始用西班牙语和他们说话。

“我是从秘鲁国家航空的飞机上掉下来的，”我说道，“我叫朱莉安。”

他们走近了一些，惊讶地看着我。

返 程

现在是 1972 年 1 月 3 日，秘鲁国航那班飞机上的一些乘客家属已经在绝望中死心了。在事故发生十天后依然能找到生还者的希望渐渐变得渺茫，官方对失事飞机的搜救行动已经停止，只剩热心群众和亲属组成的巡逻队还在苦苦坚持着。圣诞节当天就有很多记者一窝蜂跑到普卡尔帕，把这座城市围得水泄不通，而现在他们也一个接一个地离开了。故事好像就到此为止了。我父亲住在他的熟人彼得·怀尔维奇的庄园里，他是不是已经接受了自己失去了妻子和女儿这件事呢？

与此同时，贝尔特兰·帕雷德斯、卡洛斯·瓦斯奎兹和内斯特·阿马西福恩三个伐木工正在仔细地照顾我。他们分给我法利纳粥（Fariña），里面有烤过的和磨碎的木薯、水、糖。伐木工、猎人和淘金者经常吃这种食物，然而我却吃不下去。他们帮我处理伤口，从我的胳膊上取出了更多的蛆。

“我发誓，”贝尔特兰先生一边从我的伤口里拣出虫一边告诉我，“我第一眼看见你的时候，还以为你是水神亚库玛玛[1]。”

“为什么是她啊？”我惊讶地问道。我知道亚库玛玛是印第安人的自然女神，生活在水里，孕妇一定要小心她，不能注视她，不然她会把孩子偷走。但他为什么把我认成她呢？

“嗯，因为你金色的头发吧，还有你的眼睛，而且这附近都没人住，至少绝对没有白人。还好你立刻就跟我们说了话。”

我就是通过这种方式知道了这条河上根本没有人生活。

“飞机上的其他人都怎么样了？”我问这几个男人，“他们得救了吗？”

他们瞪大了眼睛看着我，一句话也不说。终于有个人开了口，是内斯特先生，他的声音听起来很沉重。

“没有，小姑娘，”他说，“人们连飞机都没找到。它像被上帝一把抓走了一样，直接在雨林里消失了。据我所知，你是唯一一个活下来的。”

唯一一个？我？我感到难以置信。我是唯一一个……意思是……我不敢继续往下想，但也无济于事。“我母亲也失踪了？”

---

1 传说中生活在秘鲁亚马孙雨林地区的巨大水蛇。

“没有其他人了。”一直沉默着的卡洛斯先生确认道。我这时才发现我把自己的想法说了出来。“你出现在这里就是个奇迹。你还活着，还能跟我们说话。我们来这里也是意料之外的事情，一开始我们根本没打算过来的。今天下雨的时候，我们还在想要不要去小屋。说实话，我们都不怎么管那条船，很有可能我们今天压根儿就不会到这儿来。不过内斯特说：‘啊呀行了，天气会骗人的，我们还是去小屋那边吧，至少头上有个挡雨的。’我还是有点儿不敢相信，你说你在路上走了多长时间？”

他们给了我一条裤子和一件上衣让我穿着。我吃了一两勺有点儿发酸的法利纳粥就觉得饱了，我的胃显然饿缩了。

黑暗中突然又出现了两个男人，糟糕的天气或者说是命运，让他们一下子都在今天来到了这个小屋。他们是阿玛多·佩雷拉和马西奥·里维拉，这两个人看见我的时候也像被雷击中了一样，吓了一大跳。

“这是谁啊？”马西奥惊讶地问道。

我不得不再解释一遍我经历了什么，并且再一次收获了惊讶的目光。我们交流了信息，我也因此了解了声势浩大却徒劳无功的搜救行动。这天晚上，我们聊了很长时间。

“我们带你离开这里。”马西奥对我说道，然后跟另外几个人商量了一阵子。一开始他们担心我受的伤太重，有可能会死在他们那里，因此想尽快带我去看医生。但他们后来又认为让我在他们那里过夜更安全。最先发现我的那三个人按他们最初的计划留在雨林里，马西奥和阿玛多则答应我第二天一早就开船把我送到托尔纳维斯塔。

那天晚上我没敢告诉他们，睡在小屋的棕榈树皮上其实很不舒服，我宁可去沙堆里睡觉。我们六个人就那样一起在坦博小屋里过了夜。他们把唯一的一顶蚊帐给了我，但我还是睡不好。他们从我手臂上的伤口里前前后后取出了五十条蛆，我疼得要命。第二天一早，天还暗着的时候，我们就动身出发了。我试着走了几步，最后一段路是他们背着我走的。他们把我放进了船里，拿一块防水布给我盖了起来。

接下来我就放空自己。我太累了，时不时就会睡着。我醒来的时候就看看身边飞速掠过的河岸，和他们俩聊聊天。我知道了河的名字叫申波亚（Río Shebonya），这条河上真的无人居住。

没过多久，全世界的报纸上写满了各种各样不可思议的关于我获救的故事。其中有个版本几乎像童话一样充满想象力，说我用树的枝叶给自己造了个小木筏，沿着申波亚河划了下来。印第安人看到昏迷的我乘着木筏从他们身边漂过，就把木筏拉到了岸上。我从昏厥中醒过来之后只是说了一句“有人死了”然后又失去了意识。这种说法一出现就被成百个记者抄来抄去，至今在报纸和互联网上还能看到。因此有很多人给我写信，比如像美国华纳罗宾斯的一年级学生一样头脑理智的小孩，问我是怎么不用工具就造出了筏子，用树枝和叶子造出来的筏子为什么不会沉下去。在另外一些新闻报道里，我、马西奥和阿玛多一起乘船的过程是这样叙述的：此后她就陷入了深深的昏迷当中。但事实恰恰相反，我虽时不时会打瞌睡，但在那趟单调的旅途上还是听到了很多东西。

我们一直往前走，过了好久才抵达申波亚河汇入帕奇特阿河的河口，托尔纳维斯塔村就在岸边。我知道单靠自己永远也不可能走到这里。

我们在接近中午的时候停了下来，打算吃点儿东西。我们来到岸上，朝着牧场正中心的一栋房子走去。我走到那里的时候，有几个小孩尖叫着跑走了，还有一个女人惊恐地转过了头，用手捂住嘴说："这眼睛，我不能看！天啊，这眼睛也太可怕了！"

我问同行的人："她怎么了？我的眼睛出什么问题了？"他们跟我解释说，我的眼睛红透了，所有的毛细血管都胀了起来，已经看不到眼白了，眼睛里一片血红，连虹膜都被映得发红。我感到很惊讶，为什么眼睛都成这样了还能看清东西。

我后来照了镜子，完全理解了那个女人的恐惧。我的眼睛看起来就像变成了两个血红色的窟窿，怪不得那里的人觉得我是雨林里的鬼魂。尽管如此，他们还是给我盛了一碗汤，不过我完全吃不下去。

大概下午四点的时候，我们在托尔纳维斯塔停好了船。人们看到我们都兴奋极了，很快就有人抬来了一张担架，那让我有点儿尴尬，毕竟我自己还能走路呢！

来接我的护士我之前就认识了，她叫阿曼达·德尔皮诺，在我去潘瓜纳之前她给我打过一针破伤风疫苗。她当时打算给我打盘尼西林，但我拒绝了，因为我知道我父亲对这种药严重过敏，我不确定自己有没有从他那里遗传这种体质。阿曼达护士接受了我的意见，给我打了另一种药物。

所有人都精心照料着我，像对待一颗生鸡蛋一样温柔小心地对待我。不知道是谁拍了张照片，它很快就被刊登在了美国的《生活》杂志上。照片里我站在阳台上，肩膀上搭着浴衣，旁边有位护士挽着我的胳膊，看起来很操心，她几乎没问过我问题。然而第二天报纸上就出现了一篇我压根就没参与的访谈。

医护人员给我处理好伤口、消完毒打过针之后，来了一个美国的女飞行员杰里·科布。她说可以开飞机载我到亚里纳科查的夏季语言中心[1]，那里有一些传教士在研究印第安人的语言和翻译《圣

---

1 一个宗教性的国际非营利研究组织，又称“世界少数民族语文研究院”，起源于1934年的美国威克里夫《圣经》翻译会，最初旨在为传教士们提供暑期语言训练，方便之后参与《圣经》的翻译工作，后来逐渐发展出研究和记录语言、提供语言学课程的研究性功能。

经》。她告诉我那里有几个医生可以更好地照顾我，而且我在那里也可以安静地好好休养。一想到又要重新坐上飞机，我感觉很害怕，然而我太虚弱了，没力气再去反对，而且我觉得她说得很有道理。

就这样，我很快登上了配有双发动机的岛民飞机。杰里·科布告诉我，她是世界上第一个完成了飞行员培训的女性，乘她的飞机会像在天使的怀里飞翔一样安全。她想用这些信息来安抚我，然而我还是没有勇气坚持坐完全程。杰里让我躺下，觉得这样我会安心一些，可我在越过亚里纳科查湖的二十分钟飞行中依然觉得很煎熬，尤其是在杰里完全没注意到我的恐惧、开着飞机急转弯的时候。

那些所谓的“语言学家”，就是亚里纳科查的那些“威克里夫《圣经》翻译会”的传教士们，热情地接待了我。医生林德霍尔姆一家收留了我，为我提供了医学照料。林德霍尔姆医生从我的胳膊里取出了更多的蛆，也处理了我同样长了蛆的腿部的伤口。我手臂上的伤口很深，说不准具体有多深，因此我得接受一系列痛苦的治疗，治疗的过程中我必须咬紧牙关不大声叫出来。林德霍尔姆医生把一条五十厘米长的纱布片浸满碘仿，然后塞进我的伤口里。它得在伤口里待到第二天才能取出来，然后再换一条新的进去。他跟我解释说，只有那样才能保证这个水袋形状的伤口愈合得干干净净。他从我的脚底拔出了一根很长的木头碎片，而我之前从来都没意识到它的存在。我浑身上下都是虫子蜇的伤，伤口感染之后又肿了起来，而这些地方也都得到了处理。

有人问我等这一切都结束了想吃什么，我没来由地回答道，“鸡肉三明治。”让我很高兴的是居然很快就有人给我做了一个，我大口地把它吃掉了。

我安全了。带着这样的想法，我沉沉地睡了。

我们点的食物上来了。那是一顿吃得比较迟的美好的晚餐。风轻柔地吹皱了海面，金色的光在浪花间闪烁着。我当时就在往湖边再走一段的左岸上的林德霍尔姆医生家休息。现在那里只剩几个语言学家了，我之前和沃纳·赫尔佐格来这里的时候，他们不得不把他们的营区改小了一点儿。就在几个月之前，我和CNN（美国有线电视新闻网）的访谈播出之后，弗兰·霍尔斯顿女士给我寄了一张照片，上面是我和她的两个女儿在花园里玩。当时我在林德霍尔姆医生家待了几天之后就搬到了他们家里，她的丈夫也是医生，可惜已经去世了。在那张照片里，我穿着别人借给我的衬衫和裙子，对着镜头露出了笑容，几乎看不到我为期十一天的苦旅留下的痕迹了。我看到照片的时候没有什么感受，就好像照片上的那个女孩是别人一样，这让我觉得很奇怪。我和沃纳·赫尔佐格一起拍纪录片《希望的翅膀》的时候也有这种感觉。

1998年的某天，我在慕尼黑家里的电话突然响了起来，电话那头有一个男人说："我叫沃纳·赫尔佐格，是电影导演。我想根据你的故事拍一部纪录片。"我至今想起这件事都觉得是奇妙的缘分。

那时候距离事故发生已经过去了二十七年。我和记者还有电影导演打交道的经历都不怎么愉快，所以我这些年来一直跟他们保持着距离。所有采访邀请我一律拒绝了，也不愿意出现在电视访谈节目里。我一辈子都在被问同样的问题，人们一直把我当成一场不可思议的事故中那个奇特的唯一幸存者。我已经受够这些了，我有我的生活。我在九年前结了婚，在我看来有很多话题都比一遍遍重复坠机的细节要有意思。尤其是有些记者，他们似乎没认真听我说了什么，到头来只是写他们早就想好的东西，或者是写他们认为读者愿意看的东西。但我突然接到了沃纳·赫尔佐格的电话，他说他想跟我拍一部电影！

他显然是察觉到了我的犹豫，于是说道："你想了解我的话，可以在网上查一查。我也可以给你寄几部我的电影。"

"没这个必要，"我从一开始的惊喜中回过神来，对他说道，"赫尔佐格先生，我当然知道您是谁了。"我一直很欣赏这位出色的导演，他的很多电影我都知道。我几乎不敢相信电话那头的人就是他。他的建议让我一下子觉得难以置信。

沃纳·赫尔佐格不是和其他人一样只想采访我，他有个庞大的计划：在空难过去了二十七年之后，他准备和我一起重新回到当时事故发生的地方，他想再给人们展示我当时走过的路。我真的应该这么做吗？或者说，这样的邀请真的能直接拒绝吗？

赫尔佐格建议我仔细思考下，他给我寄了一些书和几部我还没看过的他的电影，然后留给了我很多时间。我和我丈夫开始商量，因为他的意见对我来说一直都很重要。我的丈夫非常懂得怎么和人相处，而且我知道他的建议非常可靠。他说："这也许对你也是件好事，这样的机会估计不会有第二次了。"

于是我联系了沃纳·赫尔佐格，告诉他我觉得他的计划很有意思。我们在慕尼黑一家很漂亮的餐厅见了面，我也借这个机会认识了摄影师埃里克·索尔纳。在后来的拍摄过程中，沃纳·赫尔佐格总是很欣赏他的想法。

当天晚上，赫尔佐格跟我们详细介绍了他的方案。

当地人依然大致知道飞机坠落的地方，因此他打算进行一场探险，在雨林里找出"L-188A 伊莱克特拉"七零八落的残骸。我把莫洛的联系方式分享给了沃纳·赫尔佐格。在我没法去潘瓜纳的那些年里，莫洛一直负责打理和照看那座研究站。尽管他和其他当地人提供了很多帮助，赫尔佐格派去的前三支探险队却都无功而返，一直到第四支队才有了成果。导演和他那时候八岁的儿子一起，亲自在雨林沿着一条大概十五千米长的路观察散落的飞机碎片。他回到慕尼黑后告诉我，有一些残骸保存得非常好，我肯定会感到惊讶的。

但他也发现那片地区的路非常难走，即使是非常熟悉雨林的当地人有时候也要花好几个小时才能往前走百十来米。拍摄团队带着设备是不可能徒步到坠机点的。我们有好几次都觉得这件事似乎要泡汤了，然而沃纳·赫尔佐格不会允许这种事情发生。他不辞劳苦，用尽一切办法也要把他的计划变成现实。如果走不过去，那就飞过去。他决定在最大的那块残骸旁边的雨林里砍出一条小路，让直升机可以刚好能降落。

所有人都觉得我肯定会对此大发脾气，然而我惊讶地发现自己格外冷静地接受了这一切。相比于重新看到那片地方，我更担心在摄像镜头前讲话。我在心里问自己到底能不能做好这件事。我丈夫总说我是一个完美主义者，不过他说得没错。可如果要求你站在镜头前的是沃纳·赫尔佐格这样的人，你肯定想做得更好。1998 年 8 月初，我们开工了。

我们乘美国航空的飞机从达拉斯飞往秘鲁。这并不是最近的路线，因此这趟旅程比起已经足够累人的欧洲直飞航班还要更费时间、更辛苦。不过在这条航线上可以带更多的行李，而这对于有一大堆行李的电影拍摄团队来说非常重要。一部分设备已经提前运走了，这多亏了埃尔文·拉梅尔，是他费了很多心思让它们全都顺利地通过了海关。

我们从一开始就和整个团队合作得很愉快。一切都安排得很妥当，我相当享受那种暂时什么都不用管的感觉。我们在利马参观了当地两家最大的报社——《新闻报》和《贸易报》的档案馆。我在那里看到了秘鲁国航的另一场发生在库斯科的空难的照片，照片上的尸体躺在田野里，有些照片因为太过恐怖以至于不能发表。落地时的冲击力让那些尸体断裂、扭曲、变形，这一幕让我感到非常震撼，让我一直在想我经历的那场灾难。那些没有我这么幸运的人会是什么样的结局呢？

赫尔佐格导演带我经历的事情很不同寻常，说服我在事故发生二十七年之后重新踏上一架和当时失事的航线一模一样的飞机已经算是比较容易的了。我之前为了快点儿到达雨林，已经坐过几次这趟航班了。然而这次连我的座位号都和当时的一模一样，第十九排，F座。说实话，我宁可去翻安第斯山，那里已经和从前不一样了，现在“只需要”二十个小时就能到普卡尔帕。然而沃纳·赫尔佐格是个很擅长说服别人的人。最后我走出了我的心理阴影，答应了和他一起坐飞机。我现在想起来，很庆幸自己这么做了，如果那时候这位电影导演没有这么近距离地了解我过去的这一部分，如果他没有重新把我带到公众面前，谁知道我今天还有没有能力这样代表潘瓜纳站在大家面前。

我就这样克服了我的恐惧。我们开着摄像机，飞过了事发现场。沃纳·赫尔佐格聪明地利用这段时间，对我进行了采访，而我就站在自己经历空难的地方讲述了我的故事。好在我们第一遍就成功了，不用重复录制。我丈夫全程陪在我身边，这对我来说非常重要。我相信看过这部片子的人都能看出我们俩对彼此的支持，当一个人需要另一个人的时候，对方一定就在身边。

从普卡尔帕到雨林里的路上有很多事情让我觉得惊讶。新修的环雨林高速公路边上的大片土地都被开垦了，文明用锯子和火焰在荒野里给自己开辟了道路。我的心痛如刀割，因为我清楚地知道火焰夺走了多少生命。我当时走过的申波亚河上也修了一座铁桥，离这座桥几千米的地方有个来自安第斯山区的女人，她开了一个小购物亭，我们在那里停了下来，喝了点儿东西。我看见外墙上靠着的东西的时候，简直不敢相信自己的眼睛。那是秘鲁国航那架飞机上的门！它保存完好，不知道是谁把它拖到这里来的。那位印第安女人在门上用不标准的西班牙语写着：朱莉安的门。这位女士很懂怎么做生意，她显然注意到了这扇门作为我故事纪念品的巨大吸引力。不管我跟谁提起这家主要卖生活用品并且还有一个小酒柜的小店时，他们都管它叫“那扇门”。沃纳·赫尔佐格当然也在那里给我拍了一些镜头，之后我每次路过那里，遇到我的人都会说“朱莉安，拜托你站到那里一下”，然后给我拍张照片。这让我感觉很奇怪，也很不舒服，因为那扇门对我来说并不是什么旅游景点，有九十一个人从那扇门走向了死亡，其中还有我母亲。

那扇门一直在变，我每次走过的时候它都会换个样子，不是这里添了两行字，就是那里涂掉点儿什么。比如最近门上写的是：朱莉安从这扇门里逃走了。事情当然不是那样的，事实是有一次小亭子的主人听别人说她把我的名字写错了，上面的日期也不对，后来遇见我的时候就把我拉到一边，对我说："你现在得给我写一下，你的名字到底怎么拼，这样我才能改过来。"这让我觉得很恶心。现在已经发展到这个地步了吗？人们都这么直接地拿过去的惨剧来做生意了吗？紧接着那些天的感受又回到了我的身上，然后又很快消散了。

我很快就能把这些感受咽回肚子里，因为人们总是忍不住会做这种事，但是他们可能并没有恶意。我注意到自己已经渐渐变得麻木，在真正的体谅和理解面前也无动于衷。我真的拥有过让我自然而然产生的、不加克制的、未经理智审视的自由流露感情的机会吗？我在和沃纳·赫尔佐格的电影团队一起前往潘瓜纳的路上一直在思索这个问题。

我有十四年没来过潘瓜纳了。我每次到这里来旅行都要冒着生命危险，前不久，还在当地活动的恐怖组织"图帕克·阿马鲁革命运动"搞得这片地区不得安宁。其间，我和父母当时住过的房子塌了。莫洛受我父亲的委托，找人建了一座新的招待所。这座房子和这片雨林里的其他房子一样，都是木质的，建在高高的支柱上，有三个小房间和一个带顶的阳台。这是我第一次亲眼看到它。我和丈夫一起在莫洛家住了下来。他们为了更方便照看潘瓜纳和周边地区，把农场搬到了家旁边。拍摄团队的规模不算小，但他们还是挤进了招待所的房间和阳台上。

许多回忆涌上心头。那条河还是老样子，那片雨林也幸运地没发生什么变化。我母亲仔细研究过的那些鸟叫声，那棵五十米高的、俯视着一切的吉贝树，那些蝴蝶，以及其他各种各样的昆虫，都让我想起从前。那时候我的世界还是一片明亮，我走过一个又一个承载着我童年记忆的地方，感觉自己仿佛是在梦里。我感到很欣慰也很惊讶，居然还准确地记得小时候学到的知识，知道要怎么在雨林里行动。“这就跟骑自行车一样，”我丈夫开玩笑说，“学会了就不会忘了。”

我们去印加港拜访了马西奥，当时就是他把我带到了托尔纳维斯塔。这么多年后再次见到他，我非常感动。马西奥和其他很多人一样，在我们为了拍纪录片而去找飞机残骸的时候帮了很大的忙。他有一次独自出发，路上不幸地被魔鬼鱼刺伤了。魔鬼鱼的刺扎穿了马西奥的橡胶靴子，刺进了他的脚后跟，让他的脚肿得厉害，并且还被感染了。要不是有一条船正好经过，他可能就因为这场意外死在雨林里了。然而马西奥当时身上没带钱，船上的人不愿意载他。情急之下，他把自己的枪给了他们。枪在雨林里属于值钱货，那些人拿到枪之后才把这个受伤的人接到了他们的船上。

我听说了他的遭遇之后，在沃纳·赫尔佐格的帮助下把那支枪买了回来。我们把这支枪还给了他，作为对他当年恩情的回报。我这次见到他的时候，对他说："马西奥，你当年可是救了我的命啊！"他却摇了摇头，一本正经地说，"不是我救了你，而是上帝，朱莉安。我只是替他开了船。"

我们登上了那架已经在印加港等候我们的直升机。准备出发的时候出了点儿意外，这导致我们的计划被推迟。飞行员在之前的一次飞行中发现，我们打算降落的那片林中空地旁边的树砍得不够低，那里的树干还高出了大概一米，这可能会给我们带来生命危险。因此那里需要修整完后我们才能出发。

我之前从来没坐过直升机，觉得坐直升机很有趣。直升机能垂直地升起来，甚至还能几乎悬停在空中。我从小就觉得科技上的小玩意儿比洋娃娃有意思，直升机对我来说尤其奇妙。

我们很快就降落在了雨林中心一座小山的圆顶上。我们的队伍规模很大，队里还带了女厨师和几个丛林老手，他们会帮我们在雨林里开路。有几个人已经在我们之前就出发了，在雨林里建好了临时的营地。这些帐篷配有蚊帐，上面还盖了一层塑料防水布。我和丈夫享受着雨林营地里的豪华住所——一顶离其他人有些距离的双人帐篷。因为是旱季，所以我们得带齐包括饮用水在内的全部补给。营地里还按德国人细致的做派挖了个旱厕，其实就是一条简单的沟，上面架了一根木头杆，需要的时候可以坐上去。让我惊讶的是，这座小山上隧蜂特别多，它们虽然不叮人，但会成群地黏在人身上，很烦人，我们所有人都饱受其害。我在拍摄的时候很平静地忍受了这一切，团队成员因此很佩服我。但实际上我只是把全部注意力放在我的稿子上了，我想尽可能比较好地完成我的发言，这样就不用再录一遍了。电影里有个镜头，拍了这些在我胳膊上扎堆的小东西。我当时穿过雨林的时候根本没有这些烦恼，因为山下面并没有这种隧蜂。

我们的这个营地位置非常独特，周围散落着飞机的碎片。一开始根本看不见那些残骸，现在它们已经变成了雨林的一部分。看到它们依然被保存得那么完好，我很受震撼。

我们找到的有些残骸看起来就像是刚刚掉进了雨林里一样，飞机的很多结构都是用不锈钢或者是铝材制成的，因此在雨林的湿气里待了这么多年也可以没有任何变化。它们被雨林包裹了起来，上面长满了植物，有些被拽进了地里，就好像它们本来就属于雨林。我们一开始没注意，后来有个帮我们找到了失事地点的雨林向导从地上扶起了一块长长的飞机壁，拨开了上面的树叶和苔藓，我们才知道。飞机上面的喷漆和标识跟新的一样。我看着飞机的碎片，感觉自己仿佛在做梦。我曾经就坐在那架飞机里，乘着它越过了安第斯山，而当时它从雨林的绿色植物中被找了出来，不过我并没有什么过多感受。我们找到了小桌板碎片，我记得我在事故发生前还在上面吃了一顿早餐，还找到了一个只有一半的塑料勺子和一只钱包，钱包里的两枚硬币现在已经不能流通了。还有残余的地毯，上面的颜色还能辨认出来。我们还发现了一只女式鞋后跟和一个箱子的金属外框，这个箱子的锁莫名其妙地被打开了，里面的东西全都消失不见。这些发现让我觉得很有意思，但它们并不能在我的内心里引起波澜。我感觉自己仿佛是一个局外人，在这里观察着远处的奇闻。

让我感到震撼的是那些飞机的碎片居然完全没人动过。我们找到了一只螺旋桨以及我当时在路上就看见的发动机。我们还发现了一张三连排的座椅，它比我们找到的其他所有座椅都要完好，我们推测它就是当时和我一起从天空中坠落的那一张。同时我也很惊奇，我们头顶上不停地有飞机飞过，也就是说我们正好在利马到普卡尔帕的航线上，所以当时的飞行员完全没有尝试绕开雷雨。

我又重新看到了那条当时带我走出雨林并救了我的小溪。雨林里的水流随着季节变化可能会变得完全不一样，植被也会不停地改变，但我很确信我曾经到过那个地方。我们到达申波亚河边的时候，有个地方出现了很多蝴蝶。沃纳·赫尔佐格突然想到，可以拍一个我从那些色彩斑斓的蝴蝶中走过的镜头。但我们要怎么让那些容易受惊的小动物听从沃纳·赫尔佐格的指示，按他的要求集中到这里来呢？这时候我们的动物学知识就派上用场了。我丈夫说："这很简单，我们都在这里撒泡尿，这些蝴蝶就会成群结队地飞过来了。"

我们照做了。整个拍摄团队全都在那里撒了尿，我们就这样拍到了我从翩翩起舞的蝴蝶群中走过的美好画面。这是一个关于我的那场飞行、我的坠落以及我重回新生的路的完美隐喻。

我们还在残骸当中找到了一些东西，这次我终于被触动到了。尽管那件东西个头很大，但一开始还是看不出来是什么。它是飞机起落架的一部分，轮子朝上躺在雨林里。它躺在那里的样子让我痛苦地想起了死去的鸟，一个真正的生命就这么绝望地四脚朝天死去了。

我不知道人们在期待什么。也许他们想看到痛哭流涕，或者是情绪失控的我。可我从来都不是那种人。一种不知来由的求生本能在这些年里给我建了一个防护罩，让我能过上所谓的普通人的生活。我认为我从三千米高空坠落时经历的震撼，在我们拍摄电影的过程中也一直持续着。它一直到现在也没有完全消散。可能这也没什么问题，但这种感觉让我能和超乎寻常的恐惧一起生活，能面对那段经历。它像是我的一部分，像一个胎记、一道伤疤、一种残疾，或者有时候也是一种福气。谁又能决定呢？

当我现在望向亚里纳科查湖面的时候，我知道自己已经不用再和这段回忆刻意地保持距离。我很享受和沃纳·赫尔佐格一起工作，至今都非常感谢他给我的这个机会。和他在一起的那段经历大大地帮助了我学会面对过去。我从来没有去看过治疗师，对我来说，和赫尔佐格一起拍电影的经历、他充满共情的问题、他倾听的能力以及和他一起回到令我恐惧的地方，就是最好的治疗。从那之后，我感觉平静多了，在内心重新找到了平衡。又过了十三年，我才能比以往任何一次都要详细地讲述我的故事。沃纳·赫尔佐格当年用心的记录为我埋下了一颗种子，他让我现在能够写出这本书。我已经拖延得太久了，现在我准备好了。

活 下 来 了　　一 个！

我得救的当天晚上住在林德霍尔姆医生家里，与此同时，在普卡尔帕发生了很可怕的事情，严格来说不只是在普卡尔帕。我获救的奇妙经历被当作令人难以置信的新闻传遍了全世界，那天下午四点的时候，我们还没到托尔纳维斯塔，一个业余的播音员就在电台里播报了我获救的消息。其他乘客的家属刚刚接受了无可回避的事实，正努力让自己适应失去了心爱的人之后的生活，又重新陷入了疯狂的兴奋当中。他们的心中又重新燃起了希望，认为也许还有其他人活了下来。那天晚上，几乎所有人出现在了街上，主广场上也挤满了人。人们一开始根本不敢相信这个好消息。当天晚上，负责领导搜救行动的秘鲁空军指挥官曼努埃尔·德尔·卡皮奥召开了一场新闻发布会，他证实了我获救的消息，却禁止人们联络我，理由是我受到了巨大的惊吓，必须好好休养。他还提到了我的伤势很轻，这让其他乘客家属心中的希望又多了一些：既然朱莉安受的伤不重，是不是意味着其他人也还有救呢？另外一条有用的消息也像野火一样迅速蔓延开来。我和马西奥以及阿玛多一起在申波亚河上航行的时候，跟他们描述了带我走出雨林的那条小溪汇入申波亚河的样子。我提到了那里的竹子。他们很了解这片地区，知道只有一个特定河口生长着这种高大的植物，那就是碎带子河，也是魔鬼鱼河的河口。

于是传教与救助组织“希望之翼”的飞行员罗伯特·魏宁格第二天一大早就跟马西奥·里维拉和阿玛多·佩雷拉一起登上了他的飞机。两个雨林老手负责给魏宁格指路。他们一起飞过了河口，沿着碎带子河一路往上，大概在上午十点的时候看到了秘鲁国航的那架飞机机身的一大块碎片。他们是第一批见到飞机残骸的人。

我那天早上醒来的时候对所有的事情一无所知。周围的一切都让我觉得很不真实。我躺在一张无比舒服的大床上，愣了一下，然后想起来我已经到家了，已经回到了人间。然而我依然觉得自己漂浮在一种难以描述的状态之中，一直到今天我都很难形容这种感受。有点儿像是在全神贯注做完一件事之后陷入了虚空，事情的成果既不让我生气也不让我高兴。我只是什么都感觉不到。

当我正处在这种飘忽状态之中的时候，我父亲走了进来。他径直穿过房屋门，问我：“你感觉怎么样呢？”

我说：“不错。”

然后我们拥抱在了一起。我们俩都没哭。我非常高兴看到他，然而我只是意识到了正在发生的事情，并没有真的产生什么情绪。我的内心已经放不下浓烈的感情了，只是感觉浑身轻松。那种时候，语言不能描述我过去的经历，不能描述我对将来的期待，更不能描述我当下的感受。我觉得自己那时候好像和自己的感情隔开了。

我父亲坐在我的床边，我们只是注视着对方，一句话也没说。他向来不善言辞，而我也很享受当时的安静。

我后来回想起这种毫无感情的虚空，常常会问自己当时是不是出了什么问题，是不是变得冷血了。这种麻木不仁的感觉有时让我感到害怕。四十年后的今天，我知道这是我当时的一种自我保护机制，它帮助我在从雨林里逃生的路上活了下来。我在获救之后没法一下子就把它关掉，我的心灵就好像是交给了自动巡航，依然觉得自己在雨林里赶路，灵魂还没有回归到文明世界。也许这种状态一直到现在也还存在着。

当时我的身体很快就意识到了它的周围环境很安全，于是一下子就放松了。我突然开始发高烧，一烧就是好几天，然后又突然退烧。医生们也不知道是怎么回事。

除此之外，我的左膝盖肿得厉害，没人知道为什么。过了几个月，检查结果是在落地的时候我的十字韧带撕裂了。“你这样子还在雨林里走了十一天？”外科医生惊讶地问我，“这从医学角度来看根本就不可能！”

我的身体把受伤后的自然反应抑制了下去，直到我获救。这难道不惊人吗？我在雨林里穿行的十一天，既没有感到疼痛，膝盖也没有肿起来。如果我当时没能离开事故发生的地方，我也不可能活下来。

我身边一直围着人，不停地有事情发生，那些参与了搜索行动的语言学家乘着小飞机来来往往。我父亲在沉默了很久之后，开口讲的第一句话是询问我母亲的状况。然而我能告诉他的东西非常少，这让他沮丧极了。他在发给自己妹妹的电报里写道：“可惜我们并不知道玛利亚的情况，事故发生后朱莉安就再也没见过她了。”我也很不理解，她上一秒还坐在我身边，怎么下一秒就彻底地从我的生活当中消失了呢？

我到亚里纳科查的第一天，秘鲁空军的指挥官曼努埃尔·德尔·卡皮奥看望了我，礼貌地向我询问了情况。我把自己知道的事情都告诉了他。他请求我，在事情调查清楚之前，不要跟媒体讲空难过程的任何细节。我答应了他，然而官方却一直没有通报事故发生的具体原因。

按照当地报纸《形势报》的说法，记者们在那天“像暴雨一样”向普卡尔帕袭来。他们让这座小城变得一片混乱，所有人都在找我。

好在指挥官发布了一条消息，说我住在秘鲁著名的阿尔伯特·施魏策尔亚马孙医院，有知名的提奥多·宾德医生照顾。除了记者们，还有很多当地人也挤到了那家医院，所有人都想看看我。

尽管德尔·卡皮奥指挥官发布了那条虚假的信息，可他还是在我居住的那栋屋子前面安排了警卫。飞机坠落的地点被封锁了起来，只有警方和军方可以通行。然而依然有市民和乘客亲属在听到了我获救的消息和知道了事故发生地的位置之后，重新拾起了希望，他们组成了一支十人小队，再一次出发了。马西奥·里维拉也在其中，他凭借自己对当地的了解在小队里担任了向导。

也是在那一天，一个名叫克莱德·彼得斯的飞行员，那个在1971年平安夜给我父亲带去巨大希望的复临信徒，撑着降落伞跳到了坠机地点。他打算在雨林里清理出一条小道，保证直升机能在那里安全降落。这让营救工作变得简单很多。与此同时，还有一个官方代表团从距离废墟地区二十千米远的印加港边的孙加罗河（Río Súngaro）步行出发了。代表团中有三名国民警卫队的成员，还有六位军官，其中有一名电报员和两名急救员。然而克莱德·彼得斯的英雄行为却失败了。他不仅失去了他的装备，尤其是绑在腿上的电锯，还在降落的时候受了伤。他没带无线电设备就从直升机上跳了下去，打算凭借风声找到坠机的地方。然而事情并不如他所愿，他没当成救人的英雄，反而失踪了。过了三天，他才重新出现在人们眼前。

那个军方代表团的运气也不怎么好。他们花了两天才走完那二十千米路。那片地区的地势起伏不平，有很多小山丘，持续的降雨让山路变得非常泥泞，很难通行。他们的领队还摔伤了，更难继续往前走了。

第二天的下午，也就是1月6日，几个市民模仿了克莱德·彼得斯的做法。不过他们没有选择跳伞，而是带着电锯从直升机上沿着绳梯降到事故现场。那天晚上，军方代表团和市民的巡逻队都抵达了目的地，决定一起前进。就这样，一共二十个人，其中包括两名报纸记者，接近了坠机地点。

与此同时，我一向冷静自持的父亲开始控制不住自己，他和指挥官大吵了一架，指责他没有尽力营救有可能生还下来的人。他认为搜救队的行动太慢，人们在争夺权限这种毫无必要的事情上浪费了太多精力和时间。我不久前才在我姑姑的遗物中发现了一封我父亲写给他的妹妹和母亲的信，那封信是在我回来之后的两天里写的：

“可惜的是，秘鲁这边并没有尽力。要不是朱莉安回来，告诉了大家要去哪里找飞机，人们现在肯定已经放弃了所有行动。我前天和搜救行动的最高负责人德尔·卡皮奥指挥官好好理论了一番。他们很晚才去联系北美的专用飞机，那些熟悉雨林的语言学家以及复临信徒都不是秘鲁人，他们得到的权限太少，没法充分参与搜救。比如，他们早就可以去问那些语言学家，联系三五十个雨林里的印第安人。指挥官先生声称要取消警方对我女儿的保护，那些看守我们的警察现在已经不在门前了。”

我父亲并不是唯一一个指责德尔·卡皮奥的人。媒体和其他乘客的家属也激烈地批评了他。然而我对这一切都知之甚少。我只知道房子周围变得更闹了，而且我们的东道主在警方的守卫撤走之后，为了保护我忙得不可开交。从那之后，成群结队的记者又拥到了那些语言学家住的地方。

那时我父亲告诉我，他决定和《星报》签独家报道的合同。“他们是认真的，”他说，“这样的话，其他报社就不会来打扰我们了。”

他告诉我会有两位先生来采访，不过我有力气面对他们吗？

我点了点头。我很理解我父亲做出的决定。他知道自己在做什么，所以我可以按他的想法做。

第二天，也就是1972年的1月7日，被定为了采访的日子。《星报》的戈尔德·海德曼和赫洛·布斯如约而至，他们介绍了自己。和他们一起来的还有英国记者尼可拉斯·阿舍绍夫，他在几年前和我父亲一起去过野外探险，因此也得到了父亲的信任。他给《秘鲁时代》以及另一家秘鲁报纸《媒体报》做报道。我从那天开始，每天都要和《星报》的记者聊一会儿。

父亲在1月8日给他妹妹的信里写道："剩下的那些（他指的是记者）我都赶走了……我和《星报》的那两个约好了今天下午，然后朱莉安就能仔细跟他们讲她知道的事情了。"

我和戈尔德·海德曼以及赫洛·布斯谈话的时候，父亲一直都在旁边，这让我很高兴。他们每天都来敲我的门，然后待一两个小时。他们首先发表的是一篇简短的预告，接着是四篇配有大幅插图的详细报道。有时候还会有从利马来的客人，因此我一直没法好好休息。

我那时候的英语老师很快找到了我，她想马上开始和我一起祷告。然而对我来说，这有点儿太过了。尽管我十分虔诚，但我还是更喜欢独自祷告。我把我的想法告诉了她。除此之外，很多我父母的老朋友也来找我，比如汉妮洛尔和海恩里希·毛尔哈特。他们在亚里纳科查湖边有一所漂亮的别墅酒店，名叫"小屋"，他们在那里招待了我父亲；还有利马自然历史博物馆的馆长，以及和我们关系很好的一名医生和几位护士。我的很多朋友也给我写了信，还给我寄了点心。

而那时，市民和军方组成的搜救队也在雨林里努力前进着。这些小队各不相同，有些合作得很愉快，有些彼此有点儿摩擦。1月7日的上午，他们抵达了第一块飞机废墟。他们（主要是乘客家属在不知疲倦地工作）花了六个小时才清理出了一块可以让飞机降落的空地。秘鲁空军的第一架直升机在大概下午五点的时候降落了。

人们在几百米之外的地方发现了秘鲁国航的机上厨房，完整的机尾和完全被破坏了的行李舱，里面装的行李散落了一地。

除此之外，还有一架水陆两用机在印加港伴随着当地孩子们的欢呼声降落了。整个搜索行动的基地会建在印加港，这个雨林里的小镇也因此变得热闹起来。这种场景在印加港并不是第一次出现，之前也有一架飞机在附近坠毁了，不过不是在陆地深处的雨林里，而是在希拉山区。那架飞机也从此失踪了。现在，混乱和喧闹重新回到了这座小镇，这里为数不多的酒店尽管提高了价格，但依然被订满了。饭店也迅速爆满，但很快人们就发现这里的食物不够了。印加港并没有足够的食物储备来供养如此庞大的人群，在普卡尔帕也订不到酒店房间，从利马出发的航班提前几天就被抢空了。

1月8日，人们在坠机地点发现了更多的残骸，还有第一批的二十具尸体。这些悲伤的消息连同令人难忘的震撼的图片一起被发了出来。绝大多数尸体断成了块，或者扭曲成了可怕的形状，媒体把这种场景比作但丁笔下的地狱。据报道称，官方任命的法医空降到事发地点后，看见那里残余尸体的惨状就“病了”，很快放弃了工作。在那片直径大概四千米的地区里，雨林的树上到处挂着礼物、行李箱的碎片，从箱子里掉出来的衣服、鞋子，还带着包装的圣诞果脯蛋糕，以及尸体的碎片。空气中弥漫着腐坏的气息，秃鹫们坐在树枝上，搜救队的到来显然打扰了它们。

匆匆飞来的死因鉴定官唯一能做的就是验尸。他在事故现场观察了十五分钟，下令把这些尸体都埋了，然后飞走了。

首先被认出身份的死者是飞行员和一个十四岁的小女孩。飞行员卡洛斯·福尔诺肯定是从驾驶舱里被甩了出来，然后被锯开了。当时在场的人只能通过他在飞机上的位置、他的制服以及他的证件认出他。那个小女孩叫伊丽莎白·里贝罗，她的父亲凭借她戴着的首饰认出了她。他坚持要把女儿的遗体用准备好的黑色塑料袋装起来，然后带上直升机运回印加港。有飞机会把那些尸体运到普卡尔帕专门开设的位于中央高速路旁边的陈尸馆。那是一个陈列着尸体的废弃的工厂厂房，人们可以到那里辨认死者的身份。陈尸馆里的腐坏气味很快就吸引来了秃鹫。

暴雨下个不停。那些全力进行搜救的市民们抱怨说政府部门给他们提供的工具有问题，发给他们的手套和黑塑料袋非常难用，他们在搬掉到山沟里的或者落在陡峭的山坡上的尸体时常常遇到麻烦。这让本来就不轻松的工作雪上加霜。

我呢？我被保护得很好，对所有事情一无所知。我很需要一些属于自己的安静空间，然而我每天都得跟《星报》的记者谈话，而且还是有很多人会来看我，让我放松心情。我父亲每天都会去普卡尔帕，我后来知道他每天都在那个临时停尸房等着，他在等我母亲，然而一直没有等到。

他不在普卡尔帕的时候，常常会坐在我房间的角落里。有一次，教团的孩子们结束了他们风雨无阻的日常拜访之后，我看见他还坐在那里，沉浸在自己的世界里。

“你怎么了？”我问他。

他抬起头来，仿佛又重新回到了这个世界。

“啊，没什么，”他回答说，勉强地挤出了一个不成形的微笑，“我只是在想你妈妈。”

这边和那边的  问候

接下来的几天、几周以及几个月里一直有寄给我的信。信件越积越多，堆成了小山。我很感动，同时又有些不知所措。那些和我素不相识的人写的一行行文字让我觉得有点儿不适应。这些信来自世界各地，美国、加拿大、澳大利亚、德国、法国、英国、波兰、意大利、瑞士和阿根廷，当然还有来自秘鲁的。然而布隆迪、新西兰、法属圭亚那、乌拉圭、古巴和哥斯达黎加的人们也有话要对我说。信封上写的地址常常稀奇古怪的，有时候甚至只是“朱莉安·科普克　秘鲁”，然而它们还是被寄到了我这里。写信的人上至八十岁，下至九岁。其中有很多温柔的小孩、年轻人和母亲们，他们对我的经历充满同情，觉得有必要写信告诉我，让我感觉并不孤单。有一位和蔼可亲的来自澳大利亚的女士写道：“我不是什么特殊的人，只是一个普通的妈妈……”这些天里，全世界有很多人惦记着我，希望我一切都好。

很多人告诉我，他们很佩服我能从雨林里走出来，觉得我非常“勇敢”“从容”以及“冷静”。这些话让我很高兴，但实际上，我觉得我当时并没有其他的选择。

还有一些人要么是在基尔跟着同一个教授学习过，或多或少认识我父母，要么就是之前在秘鲁的雨林里旅行过。有一些离开德国之后在南美洲生活的德国人写信说，他们知道一个“家乡的小女孩”能完成如此壮举之后，感觉非常骄傲。一个美国的飞行员告诉我，他觉得“他的”空乘知识可以从我这里学到很多，可我不明白他指的是什么。来自科罗拉多州的鲍勃之前学的是飞机制造专业，他想知道我是跟一块碎片一起落到地上的，还是独自落下来的。他甚至懂一点儿德语，在信里写道：“小可爱，有时间的话请写信给我，你是一个非常懂事的小姑娘！”

医生们以及其他掌握专业知识的人对我的伤势进行了很多评论，也给出了很多实用的建议。有一个比利时人，他提醒我要小心锁骨骨折导致的肺部损伤；还有一个来自慕尼黑的昆虫学家告诉我，我的伤口里不可能有“蠕虫”。他说得完全没错。不过德国报纸翻译错了，他们把苍蝇蛆虫按照英语的 worms 以及西班牙语的 gusanos 进行翻译，最后成了 Würmer，也就是蠕虫。有一些跟我差不多年龄或者比我还小一些的年轻人写信询问关于生物的具体细节问题。澳大利亚的彼得对鱼类尤其感兴趣，因此想要了解一些关于魔鬼鱼的进阶知识；加拿大的布莱恩笼统地提了一些生活在亚马孙雨林里的动物的问题；来自德国南部的赫尔伯特想知道，秘鲁的美洲豹是不是像人们所说的那样已经灭绝了。

有些来信还能让我简略地了解到陌生人的命运。一位来自得克萨斯州圣安东尼奥的女士告诉我，她在三年前失去了十七岁的女儿。她女儿不仅长得跟我很像，而且和我一样很喜欢动物，想成为一名兽医，她是在一场潜水事故中去世的。她在信里邀请我去和她以及她的另一个女儿生活，一起去得克萨斯州的一所大学学习。也许她觉得她可以代替我母亲，而我也可以代替她死去的女儿？

还有一些远方的年轻男子爱上了我，我并不排斥这种情况。他们写给我的信通常都充满激情，他们在信里向我保证，在我有需要的时候他们一定会在我身边。有一个甚至写了一首充满宗教色彩的诗，还有一个在明信片上用极小的花体字写了意大利语、法语和拉丁语的问候。然而还有些人对我纠缠不休，甚至有一个人因为一直等不到我的回应，气冲冲地去找了我父亲！

一位来自美国的艺术家表示，如果有机会见到我的话，想用黄铜为我做一尊雕像；一个十六岁的慕尼黑女孩想根据我的遭遇写一个短篇小说，希望我能提供一些细节。

有一个人造国际通用语的狂热支持者用英语和世界语给我写了

一封双语的信。信的开头是这样的:

您现在已经是一位世界知名人士了，也许学习世界语会对您很有帮助。世界闻名的足球之王巴西贝利写过一本自传，用的就是世界语。这创造了历史，因为全世界讲世界语的足球迷可以用他们一直以来的官方语言进行阅读了。请您也学习一下世界语，并写一本关于您的生活和冒险的书，这样使用世界语的人就可以读这本书了。

为了让我学世界语，他还随信附上了一本为世界语学习者编纂的语法手册和一本词汇书。

有一张从希尔德斯海姆寄来的明信片也很有意思，上面写了这么一首诗:

一位天使从天而降，
吃了一小块蛋糕，
接着开始远行，
于是一切都好了起来。

行吧，要是真这么简单就好了！还有一些从小学寄来的信也逗得我很开心。这些信里常常写满了问题，随信寄来的还有他们自己画的画，画中的我在雨林深处，身边是飞机的残骸。

还有一些信让我觉得很奇怪，甚至有一些让我很不舒服。那些人自称做到了我们一直做不到的事情，和我已经在彼岸的母亲取得了联系。她的死亡还没有正式被确认的时候，那些人就已经发来了“诚挚的问候”。一位来自弗莱堡的自称有千里眼的女士甚至坚信她的灵魂在事故发生的那一瞬间就在我身边，而我能活下来完全是因为她在我不知不觉间给我指出了正确的路。她对当时情况的描述和报纸里那些错误百出的报道如出一辙：我从废墟里爬了出来，周围全都是死去的人，我按照她的指引捡起了一块蛋糕，带着它出发了，如果不是她给了我指了一条安全的路，我就会落到食人族的手里；她最后一次看见我的时候，我坐在一条林间小路上，身边环绕着光，正在吃最后一小块蛋糕。我可以把这些当作是她的幽默，但她说还带来了我已故的母亲的消息，这就太过分了！

我收到的奇怪的来信远不止这一封，有些人甚至想利用我。几个月之后，有一个来自瑞士的生理节律学者告诉我，她认为我在这段超出人类承受范围的艰苦旅程中受到了最佳生理节律状态的帮助。“即使你的性格中有这种顽强的意志，如果你当时的生理节律处于一种很弱的状态，这种意志力也起不到什么作用。”因此，她坚定地相信我在雨林中的漫长旅行正好为生理节律学说提供了一个案例。她希望我能提供我的出生日期，最好精确到小时，以便进行进一步的检验。她很重视这件事，“如果我对你的经历的推测是正确的，那么这个案例就会成为生理节律学术方面的有力佐证，它就能让那些恶意怀疑和反对生理节律的人闭嘴。”

两年后，还有一位来自新泽西州的女士给我寄来了一封语气非常激动的信，信的内容很奇怪。开头是这样的：“朱莉安：我在飞机坠毁事故当中找到了新的规律——和行星位置有关。”她从我的案例出发，计算了每个发生空难日子的星象，由此得出了一套惊人的理论——每当天空中出现某些特定的星体排列组合的时候，就会有金属制成的鸟从天空中掉下来。“我的很多朋友都觉得我疯了，”她写道，“但我就是没法放下这些研究。”她认为，太阳和冥王星之间形成的正方形会导致飞机坠毁，而在1971年圣诞节的时候，金星、冥王星和土星组成了一个三角形，因此我得以获救。一年之后，类似的情况又出现了，而这次是一架法国飞机在加勒比海上坠毁了。我该怎么想呢？我对天文学一无所知，因此没办法参与这种讨论。

还有一封更奇怪的信，也是在事故发生两年后才寄到我这里，信里写着：“我找到了正确的圆比例系数，借此机会，我想和您的高中毕业生（指的是我）一起，在基尔开始一场数学领域内的思想革命。”即使我高中毕业时数学成绩非常好，依然看不懂那个复杂的具有开创性的“皮特尔年”的计算公式，而那场思想革命也迟迟没有到来。

我一下子又说得太远了。我现在还是那些友好的语言学家的客人，躺在亚里纳科查教会营地里的床上，每天都会收到满满一筐的新的信。我一封封地读完后，忧心忡忡地想着，我到底怎么才能回完所有的信呢？信实在是太多了，我根本不可能回得完。我从里面找出了让我格外感兴趣的信。我通过这些信交到了几个笔友，一个瑞士的中学生和一位来自波兰的女士。

有一些信就是从我家附近寄来的，上面根本没贴邮票。那个亲切地收留了我、一直关照着我的传教士会也失去了一些成员。我很感激他们愿意收下我，让我在这里休养。只有我活了下来，其他人都死了，这让我觉得很愧疚。

有一次，我父亲在特别难过的时候问我，“你们到底为什么偏偏要坐秘鲁国航的飞机呢？”

“我都专门警告过你们了！”这句话他虽然没说出口，但我知道他是这么想的。我也知道我错在没在前一天坐更安全的福西特航空的飞机。我母亲本来打算坐那一班的，但我太幼稚了，偏要去参加毕业典礼和舞会。我觉得自己有罪，内心受尽了煎熬。我的痛苦在于是我主动要参加学校的活动，最后却是我活了下来，母亲死了。那么多家庭因为沉浸在悲伤中变得不再完整，而我躺在床上，很快就恢复了过来。

我想不到任何一句话来表达这些感受，也从来没听到过任何类似的话。我过了很久才知道，每一个从灾难中活下来的人都会有这样的经历。

可怕的真相  和痛苦的未知

我发着高烧，时不时打着寒战，身体依然很虚弱，胳膊上的伤口每天都需要换一条新的半米长的纱布。我缩在自己的茧里，对外面发生的事情几乎一无所知。我在夜里做了一些可怕的梦，完全摸不着头脑。我父亲有时坐在我的房间，有时会安静地离开一阵子然后又回来。在这一切发生的同时，外面被发现的尸体越来越多。我每天都跟《星报》的记者聊天，德尔·卡皮奥指挥官可能为了保护我，拒绝让当地媒体联系我。因此，当我的照片出现在《生活》《巴黎竞赛画报》以及《星报》等国外杂志上的时候，秘鲁的媒体都气得不轻。1月9日，洛克希德公司的代表团也到了。代表团的成员去了事故现场，但并没有告诉大家关于坠机的任何新消息。

1月11日，我从林德霍尔姆家搬到了霍尔斯顿家。第二天，他们举行了十三岁的内森·里昂和十八岁的戴夫·埃里克森的追悼会。过了很多年我才得知他们就是当时排队的时候站在我们前面的那两个小伙子。1971年12月24日的早上，我见过他们，当时没有人知道几个小时之后会发生什么。也是在这一天，人们正式停止了对尸体的搜索行动。

1月12日，我父亲又去了一趟普卡尔帕。他回来的时候神情凝重，面色苍白，但很镇定。

他告诉我，他认出了我母亲。他很平静地告诉我，他跟一个记者打了一架，因为那个人想把摄像机伸到锡制的棺材里拍我母亲的遗体，他甚至把相机从那个记者手里打了下来。我惊呆了，因为我父亲从来没有做过这种事情。

他说他并不完全确定那具女性尸体一定就是我母亲的，因为她的头部只剩了下颚。他仔细地看了尸体的脚，知道我母亲的脚很有特点——她的第二根脚趾比大脚趾长很多，小脚趾弯得很厉害。我知道父亲之前常拿这件事跟母亲开玩笑。而那具尸体的脚就是这样。我父亲问我还记不记得事故发生的那天母亲穿的是什么鞋子，我说是一双缝了明线的平底皮鞋，是她几年前去欧洲旅游买回来的。我父亲听到这里，轻轻点了点头，然后把目光转向了地面。那具尸体上穿的就是一只这样的鞋。

这意味着我母亲真的死了。这个事实得到确认的那一瞬间，我什么都感觉不到。我不理解我自己。但实际上，我不是早就知道了吗？坠机十九天之后，真的还有什么值得期待的理由吗？我的麻木无情让我觉得很奇怪，我难道不应该痛哭着陷入崩溃吗？然而我和父亲都没有崩溃，他和我一样冷静。现在我知道这是我们用来保护自己的方法。我的心像是玻璃做的一样，让所有东西都滚着流走了。父亲在和我讲母亲时的语气就像是在讲他在科学研究中遇到的一个案例。这不是说他不在意母亲的离世，与之相反，他几乎是全心全意地在乎着。

我父亲很擅长通过怒火来表达他的感情。当他站在他全世界最爱的人的遗体前，经历着他一生中最痛苦的时刻时却有个记者来烦扰他的时候，或者是在手续烦琐而且丝毫不尊重他感情的行政部门面前，他当然就这么做了。他为了确认自己在锡制棺材里看到的尸体到底是不是玛利亚·科普克花了很多力气。

他在那段时间里经常跟我说，他很不放心，那种怀疑让他很痛苦。他还告诉我，尸体有很多可疑之处，为什么整具身体都保存得很完好，头的上半部分却消失了。最让他苦恼的是，为什么那具尸体看起来那么新鲜。我知道尸体在雨林里最多只能被完整地保存几天。我清楚地记得在我坠机后的第四天，我在那三具尸体旁边看到了秃鹫。蚂蚁、甲虫、苍蝇、乌龟和秃鹫都是擅长吃腐肉的生物，它们很快就能找到落在外面的腐尸。所以为什么我母亲的尸体还保存得那么完整呢？答案只有一个，而且是很悲伤的答案：她肯定活了很长时间。我如果没搞错的话，她可能才去世没几天。如果真是这样的话，她之前那两周受了什么苦呢？我通过分析得出了这些结论，然而自我保护机制让我不要去想。也许在我父亲眼中，我显得很冷漠？我母亲在雨林里无助地待了两周，出于某种原因没法移动，也许她的骨盆或者脊柱断了，而她女儿却一句话都没有说。我倒回了床上，继续闷头睡觉。醒来的时候，我问了《星报》的两位先生什么时候到。晚上的时候，我照常吃饭，仿佛无事发生。

不过父亲也有可能理解我的情况。或许他自己已经够忙了，没什么心思再来管我。他可能有着和我同样的感受，因为他说话的时候也显得很冷静，就好像在停尸房里和记者打架的是另一个人。我到现在也不知道他那时候到底怎么想的，到底有什么感受。我们后来再也没有聊过那些天的事情。

他在确认完尸体之后的第二天给他的妹妹写了一封短信，在信里也许能很好地读出他内心的不安：

“我昨天去看了玛利亚的尸体，棺材已经封上了，所有事情都很难办。我跟那儿的一个记者打了一架。我看到了玛利亚的婚戒，没人知道这枚戒指是不是在她手上找到的。我们得找人做副牙模才能确认尸体的身份，然而头骨的上半部分找不到了。除此之外，尸体保存得很完好，秃鹫和虫子没怎么破坏它。根据我们对雨林里哺乳动物尸体的了解，一般五到六天之后就只剩下骨头和皮肤了。有一只脚还挺好认的，应该是玛利亚的脚（她的脚指头长得很有特点），但我也不能完全确定。我想拜托你在那边也请人调查、辨认一下尸体。玛利亚也有可能活了好几天，缺失的这块头骨可能是后来被拿走的。你最好先联系一下约翰-乔治（我母亲的哥哥，他是一名医生），暂时不要告诉家里的其他人。1月7日之前没找到任何尸体，有很多尸体的身份都没法确认。也许得先找到头骨，才能宣布是九十一具尸体。”

他深受那种想法的折磨，而我在那段时间里也给我的奶奶和姑姑写了信。我们俩的信之间的差异非常大：

既然爸爸在写信，我也要给你们写几句话，不过请原谅我难看的歪歪扭扭的字！我是躺在床上写的，因为我右边的锁骨断了，所以我必须要小心一些。

我已经觉得很**好**了，我的伤愈合得很**好**，我已经能活动了。大家对我都很**好**，给我带了很多书和巧克力（可惜有点儿太多了）。这里的饭很**好**。我现在住在我的医生家，他是个美国人，我很喜欢这里。我就先写到这里了，我还有另一封信要写呢。

考虑到我已经十七岁了，而且通常很能说会道，她们很容易就能从这封信里看出我在那段可怕的经历之后恍惚的状态。我仿佛和原来的自己不是同一个人，很努力地想要告诉大家我过得“很好”。

这个简单的词在这篇短信里出现了整整四次，而且还是在找到了我母亲尸体后的第二天！

在那段时间，我觉得我必须一遍又一遍地告诉自己：你过得很好，朱莉安，你做到了，你这样就很好了！我似乎不愿意再让我周围的这个沉浸在悲伤和忧愁里的世界为我费神。

直到 2010 年夏天我姑姑去世之后，我才知道我父亲一直在坚持调查那些死者的身份和他们的死因。他想找出真相。然而普卡尔帕的混乱和腐败，以及遗体被运到德国后对其进行检测得出的令人费解的结果，都像是在戏弄他。在艰难的搜索过程中，没人给现场或者是最初的尸体拍照，也没有人对尸体的周围环境调查清楚，那只鞋甚至都不知道是在哪里被找到的。在德国，事故发生后的这些程序都是理所应当的，然而那时在秘鲁的雨林里，可能是因为搜索的环境太艰苦了，所有的流程都被抛之脑后，那些尸体只是被简单地装进袋子里运走了。

我父亲站在那具尸体面前，怀疑那到底是不是他妻子的时候，有人拿给他了一枚婚戒。他毫不费力地就认出了那枚戒指，戒指的内侧刻着他和玛利亚订婚的日期和他的名字。那肯定是我母亲的婚戒。我父亲追问道："戒指是在她的手上找到的吗？"然而没有人能回答他。他表示想留着这枚戒指，那里的人却拒绝了，说是要先拿给法官看。后来我父亲就再也没有见过这枚戒指。他向法官、军方、负责的医院问了一次又一次，然而所有人都说不知道关于那枚戒指的事。

人们在我父亲面前把棺材又焊了一遍，然后封了起来，1月12日，他们把它运往了利马。那里的医生路易斯·费利佩·罗韦雷多在1月13日给尸体涂了防腐剂，保证它在运往德国的路上不会变质。棺材边还放了一小束花，花是从我教父的花园里摘的。母亲婚礼那天戴的花环也是用那株灌木的花编的。葬礼于1月14日在利马-卡亚俄的豪尔赫·查韦斯机场的一座机库里举行。朋友们后来告诉我们，那场仪式非常感人，不断起起落落的飞机带去了一种独特的戏剧感。很多朋友和同事都和我母亲道了别。第二天早上，她的棺材由一架汉莎航空的飞机运往法兰克福，然后再由另一架飞机运往慕尼黑。1月21日，据判断是我母亲的那具遗体安葬在了施塔恩贝格湖边的奥夫基兴，和她已经过世的父亲埋在了一起。

为什么在德国？为什么不在秘鲁？问题的答案我也只能猜测，而我父亲从来不跟我讲他那么做的理由。我那时就知道我父母打算过几年就回德国。我父亲在写给我姑姑科杜拉的另一封信里详细地阐述了他对坟墓的构想，他给自己也预留了一个位置。那封信展示了他在那段时间里对自己的丧事的细致思考和安排。我姑姑在给他的回信里这样劝告他：“你在做决定的时候，一定要考虑一下朱莉安。

你得为了她坚持下去。她已经没有母亲了，所以更需要你这个父亲。”

那些天里我父亲想了很多事情，而且很多念头都不那么好。有一次他告诉我，他觉得人们找到我母亲的时候，她可能还活着。“那她后来为什么死了呢？”我惊讶地问他。

他沉默了一阵子，然后说道，“也许是有人谋杀了她？”

这个回答让我觉得很可怕，也很难理解。为什么会有人做那种事情呢？

我父亲一直被这些想法所困扰。他想知道那具尸体到底是不是他妻子的，还想知道我母亲死去的时间和原因。他拜托他的妹妹科杜拉在慕尼黑找人进行验尸，帮他查明这些事。然而他一直没有等到结果。

大约是葬礼之后的第四周，我父亲委托了《星报》的戈尔德·海德曼来负责调查整件事，海德曼甚至还找来了检察院的人。然而结果非常令人失望。他们不仅没能得出一致的结论，不能确定那具尸体究竟是不是玛利亚·科普克，而且我父亲还震惊地得知，被运到慕尼黑的不是那具涂了防腐剂的、保存得依然相当完好的尸体，而是零零散散的几根骨头。

怎么会这样？他一直没有找到满意的答案。不小心拿错了棺材？为什么棺材里有玛利亚·科普克的下颚骨？那块骨头是整具尸体里唯一能被准确鉴别出来的，因为母亲的牙医那里有她的牙骨模型。

不管是利马那个负责做防腐处理的医生，还是我们在慕尼黑找来做尸检的医生，都表示那具尸体不可能在过去的短短几天就腐烂得那么彻底。我父亲倾向于有人想要掩盖什么的这种假设。但要掩盖什么呢？谜底一直没有被揭开。

接下来的几周里，我父亲为了推动对尸体挖掘工作的开展费了很大功夫。他往汉堡寄了一封宣誓声明，详细地描述了他于 1972 年 1 月 12 日在普卡尔帕看到的情况，并把他之前的观察结果和这次雨林里的哺乳动物尸体的情况做了对比。他还附上了一位利马的医生写的公证声明，这位医生是在尸体被运走之前最后一个见到它的人。我姑姑把这封声明翻译成了德语。然而只有《星报》在 1972 年 2 月 23 日简短地报道了这件事，除此之外，我父亲的努力全都石沉大海。那则简讯是这么写的：

假的尸体

十七岁的朱莉安·科普克在雨林里跋涉了十一天后，从秘鲁的空难中获得新生。这场灾难又有了神秘的后续。朱莉安的父亲在事故发生十五天后看到了他妻子的遗体，遗体“出奇地完好”。他往棺材里洒了防腐剂，然后把遗体运往了慕尼黑进行调查。然而抵达慕尼黑的遗体只剩下了骨架，它无法被辨认出拥有它的主人是男性还是女性。科普克博士的下颚骨也在其中。现在的疑问是，这位女性鸟类学家有没有可能从空难中活了下来，是不是在前不久才刚刚去世？没人能给出确切的答案。

我在亚里纳科查休养的时候以及之后的几周时间里，我父亲都没跟我提起这些讨厌的细节。而他不仅要接受自己唯一向其敞开心扉的人的离去，还要面对关于她尸体的谜团。他永远搞不清楚他心爱的妻子到底是怎么死去的，她的遗体最后又流落到了什么地方。对他来说，这得有多痛苦啊。

尽管我早就知道父亲那些阴暗的猜测，然而我一直相信母亲是被埋在施塔恩贝格湖边的奥夫基兴。这样我能轻松一点儿。我的本能告诉我，我得重新找回内心的平衡。我父亲已经无计可施，只能选择放下。直到姑姑去世之后，我才发现了那些令人震惊的文件。

我当时不知道，1972 年 1 月 24 日，普卡尔帕为来自这座城市的五十四名遇难者举行了一场葬礼。他们被埋葬在了名为“希望的翅膀”的纪念陵墓中。我最近才发现当天在普卡尔帕发行的《形势报》特刊。据报道，政府最初的计划是把无法辨认身份的遗体安葬在一座公墓里。然而，遇难者的亲属觉得这种方式不尊重死者，不尊重神，有违人性，并且成功地阻止了这个计划。那些死去的人们最终被埋在了纪念陵墓中。二十七年之后，我才和沃纳·赫尔佐格一起第一次来到这个地方。

搜索过程中，有一位名叫马里奥·扎尔贝的二十六岁的志愿者显得格外敏锐，他一个人找到了占总数快一半的尸体。那期特刊里除了一篇篇讣告，还有很多人写的消息，有的说坠机后至少有六个人活了下来，有的说是十二个。在官方的搜索行动宣告结束后，一支不愿放弃的市民小队又找到了六具尸体，其中有一个名叫大卫·埃里克森的十八岁的美国年轻人，他的葬礼都已经办过了。我自己从来不认为有人伤害过我母亲，或者对她的尸体动过手脚，我父亲那时的推测在我看来是一个绝望的人的阴暗想法，他的那些惊人的怀疑表明他当时有着极度糟糕的身心状况。

至于我母亲最终安葬的地点，我认为她遗体的绝大部分应该是埋在了“希望的翅膀”的纪念碑下。就算她的名字没写在那里，又有什么关系呢？也许她在那里也能像在施塔恩贝格湖边的奥夫基兴一样好好安息呢。更重要的是，我相信她找到了最后的安宁。

一场只属于热带的绝美的日落把天空染成了血红色。再过几分钟就要入夜了。

“我们收拾收拾出发吧？”我丈夫小心地问我。他是全世界最了解我的人，我如果连着十分钟都没说话，他就知道我又想起了过去的事。

他说得对，我们明天还要出远门。我一想到这件事，心就会激动地猛跳一下。我很快就要回到潘瓜纳了。

一个小时之后，我们又开始收拾行李了。我一下子想到了当时那个让我们很惊讶的箱子。那个箱子是母亲和我一起为1971年在雨林里的圣诞节准备的。箱子没有一点儿损伤，只是外层湿透了。它的里面装了很多东西，其中有一块圣诞果脯蛋糕，和当时报纸里经常描写的蛋糕非常像。父亲和我还真的把那块蛋糕吃掉了。

一起交还给我们的还有很多录了鸟叫声的磁带，以及一件让我尤其高兴的东西——我的钢笔。我的很多朋友都用这一款钢笔，为了防止有人拿错，我在上面用防水笔写了我的名字。那场灾难之后，它就一直忠诚地陪伴着我。它提醒着我，我和它像是掉在稻草堆里的针一样，在雨林深处克服千难万险之后又重新回到了这个世界。我非常珍爱这支笔。

然而后来去圣拉蒙旅游时，这支笔连同我的手提包一起被偷了。这让我心痛不已。

第二天，我们动身前往潘瓜纳。

一切 都变了

第二天一早，一辆四轮驱动的丰田皮卡就来接我们了。我们那几年一直是这个车队的忠实顾客，他们非常熟悉难走的路段，而且他们的车也都很可靠。

“路是通的。”我们彼此打了招呼之后，司机这么说道。我松了一口气。这段路前几天还因为连续不断的大雨无法通行。“虽然路况算不上好，但是我们已经能过去了。我们有个司机昨天在这里花了七个小时。”

七个小时，听起来还不错。重要的是，我们能在白天赶到尤亚皮奇斯，否则天黑之后横渡帕奇特阿河和前往研究站都会变得比平时更困难。

“不会有问题的，”内利安慰我说，“实在不行的话，你们还可以去我家过夜。”

我们像往常一样花了些时间，把采购的生活用品和口粮以及其他行李都装到了车后面的货斗里，然后又在备用油箱上架了一块板子，让莫洛和第二个司机坐在上面。他们全程都会坐在那里。按照我的经验，灼热的阳光、尘土飞扬的或者泥泞的颠簸的小路，有时候会让旅程变得不那么愉快。不过莫洛笑了笑，他已经习惯了，他说他很确定自己会睡着的。

当我们拐上从安第斯地区的雨林通往利马的高速公路时，我感到很欣慰。我晚上就要到潘瓜纳了！尽管我在德国生活了这么多年，回到潘瓜纳依然感觉像是回到了家。

那时候，我在夏季语言中心待了四周，负责我的医生终于允许我出门活动了。我和父亲一起在毛尔哈特家住了几天。那家人在他们的别墅酒店“小屋”里友好地接待了我。我在那里也和新来的《星报》记者鲁尔夫·温特完成了最后的几次访谈。坦白说，那些问题让我有点儿烦。和戈尔德·海德曼以及赫洛·布斯谈话的过程还算轻松，不过他们在报道里会犯错误，那些错误又会被抄成百上千遍。尤其是他们在和我第一次对话之前就写了一篇预告，里面的很多说法滋生了许多此后难以消除的谣言。那篇文章显然是根据在美国《生活》杂志上的一篇报道改编的。那篇报道的作者采访了很多人，托尔纳维斯塔的护士、飞行员杰里·科布，很可能还有救了我的伐木工人们。《星报》里写我从事故发生的地方捡走了一块蛋糕。很可惜，这块蛋糕并不存在，因为我找到的那块浸满了泥，根本没法吃。然而这块不存在的蛋糕随着媒体的报道，“周游”了世界，甚至还“衍生”出了一些奇怪的变体。在《巴黎竞赛画报》的报道里，那一块蛋糕变成了很多块，多到我没法全部拿走，出于无奈我只能留下一块。那块蛋糕还变成了我亲手给父亲烤的圣诞甜面包。另一篇报道称，我在乘坐“伊莱克特拉”飞行的时候，一直紧紧抓着我的蛋糕，因此在雨林的地面上醒来时很快就在手边找到了它。

除此之外，《星报》的记者也不明白我为什么要离开事故现场，在他们笔下，我是因为一个“错误”才得救的。但实际上，我当时很清楚自己要做什么，我知道自己在醒来的地方永远也不会等到人。我不是毫无计划地就跑进了雨林里，而是有理有据地沿着水流的方向在前进。

《生活》杂志编造的关于我自制木筏的谣言也出现在了那篇预告里。文章说我能活下来的第二个原因是因为我正好知道什么样的树枝和藤蔓可以用来造木筏，如果我在木筏上用了错误的材料，很可能会在河流中遇到危险。在雨季里，即使是亚马孙河的小小支流，水流也很湍急。

关于我胳膊里蠕虫的消息也是从那篇报道里传出来的，慕尼黑有位医生还因此给我写了一封信。

那篇报道的第二部分里有一句话给我带来了很多指责，它写道，

“坠落之后，朱莉安告诉自己：‘既然父亲已经失去了他的妻子，就不能再让他失去他的女儿了。’”这句话在暗示读者我看到了我死去的母亲，还有可能看到了其他尸体或者伤者。但事实并不是这样的。还有谣言说其他受伤的人在雨林里哭喊着，而我却独自离开了。这也来自那篇报道。所有这些都属于不准确的报道，全世界的记者显然都没法避免这种问题。而鲁尔夫·温特写的最后一部分不论是语气还是内容给我带来了更大的伤害。在 1972 年 2 月 17 日到 23 日的第九期杂志里，温特在第五十四页把我描述成了一个冷漠、傲慢、早熟的孩子。他在整篇文章里一共用了七次“小朱莉安”这个说法，他笔下的“小朱莉安”对发生的事情无动于衷，甚至还想重新回到雨林。至于我依然还处于因为巨大震惊而产生了后遗症的这件事，他在文章里完全没有提起。据我所知，人们早在 1972 年就听说过这种症状了。我向来不是个记仇的人，但温特写的最后一部分内容让我至今都无法原谅他。那段话是这样的：

不用担心，她在今后的人生中不会因为女性特有的多愁善感而受苦。再多的悲剧也不会让她心碎。她和她现在已经去世了的母亲当时根本没打算坐那班失事的飞机，而是已经买好了另一家公司的机票，然而有人搞错了情况，告诉她们那班飞机取消了，所以她们才选择了秘鲁国航，这最终导致了母亲的去世和女儿的悲惨命运。

小朱莉安看起来那么脆弱，那么需要帮助，她还算不上是一位成熟的女士，更像是个孩子，却挺过了这一切。当然，她也只是个普通人。有人告诉她，她在潘瓜纳研究站养的小鸟“平克西”死掉了。她在这只小鸟掉出鸟巢之后找到了它，非常爱它，而现在它却死了。

听到这里，小朱莉安哭了起来。

我看过的关于我的故事越来越多，其中有很多连我自己都觉得不可思议，还有一些和我素昧平生的人表示比我还清楚当时的情况。所有这些我都渐渐习惯了。然而有些事情我一直都没法适应。我在雨林里的经历被添油加醋地改写成了花里胡哨的小说《丛林女神不落泪》，这让我难以接受。孔萨里克可能是从我的故事里找到了灵感，写出了这部粗制滥造的作品。在这本难以形容的书里，有一个十七岁的金发小女孩正好和一个勇敢的年轻男子一起从亚马孙雨林里的一场空难中幸存了下来，然后被危险的赏金猎人发现了，他们以为这两个人是太阳神，于是就把他们捉走了……诸如此类的还有很多。还有很多报道说我的裙子被扯烂了，我是半裸着身子在赶路。幸好我把报道里说的那条小裙子留了下来，它除了背后的破损和侧边上有一处小小的裂缝外，被保存得很完整。然而真相并不重要，它必须排在人们放肆的幻想之后。

1972 年 1 月底，我终于恢复到了能出门旅游的状态，我的心情因此变得轻松了。我和父亲一起动身前往了潘瓜纳。之前发生的事情让我和他的关系发生了彻底的改变。我感觉自己仿佛一夜之间从一个无忧无虑的小孩变成了大人，不管是在利马的学校里，还是在雨林的课堂上，我从来没有为此做过任何准备。尽管我能在雨林里存活很多天，但却对获救之后劈头盖脸向我砸来的各种事情毫无招架之力。

我之前和母亲的关系更亲近。她既是我的密友，也是我父亲的知己。我那时才意识到，她之前可能一直都扮演着中间人的角色，负责调解我父亲和这个世界的关系。她离开后，我和父亲的交流变得多了起来，关系才变近了一些。然而我父亲永远也放不下她，我也始终没法完全了解他。

事故发生后，我在潘瓜纳住了五六个星期，然后才动身前往利马。我对那段时间没有什么具体的印象了。我母亲不在身边，但感觉就像是她去国外旅行了一样。有人给我送了一只年幼的浣熊，我给它起名叫“乌尔西”，花了很多心思照顾它。它总是在捣乱，很不听话，有一次它把家里所有的阿司匹林片都吃掉了，还有一次它叼走了我们很值钱的温度计，溜到屋顶上去了。它常常为了找好吃的把我们的厨房翻个底朝天。尽管如此，我依然和它玩得很开心。

正如鲁尔夫·温特在报道里写的那样，我的第二只拟黄鹂“平克西”在我休养期间死掉了。我父亲把家里养的鸟交给了他的朋友照顾，他们有可能给“平克西”喂了它没法消化的东西。我回到潘瓜纳之后就开始准备让另一只拟黄鹂“彭奇”重新适应野外的生活。我放走了它，它很快就加入了一个拟黄鹂群，在附近的一棵树上造了个悬着的巢。它每次看到我的时候，都会回来找我。它很喜欢滑翔着俯冲到厨房里，毫无预兆地扎进装着面团的碗里或者边上放着的东西。有一回我烦得实在受不了了，给它舀了一勺芥末，贪吃的“彭奇”马上就把嘴伸了进去。从那以后，它变得谨慎多了，不会再随便就往碗里冲了。

熟悉的环境，身边可爱的温顺的动物以及门前的雨林里的生物让我心情很好。我和父亲聊到未来的时候，我清楚地知道自己想做什么。我要回到利马，再上两年学，然后参加毕业考试。这和我在事故发生前的计划一模一样。

我想让我的生活从12月24日停下的地方继续下去。我想和之前一样继续过我普通的生活。我父亲有一次提到想把我送回德国，我很不寻常地表示了反对。我现在还不想去那里，德国对我来说还是个陌生的地方。我不希望生活再有变动，希望一切都像之前一样，或者至少和之前差不多。

我母亲已经回不来了。即使是在雨林里，在那个看起来和之前没什么区别的地方，事情也全都改变了。这种矛盾感伴随我度过了很多年。我对寻常生活的渴望是那么强烈，有时候甚至会感到痛苦。在1972年2月的潘瓜纳，我真的以为“那些”都过去了。然而我很快知道，这只不过是我的错觉。

我一直没体会到失去母亲的痛苦感觉。直到母亲离世后第三年的圣诞节，那种无可挽回的悲伤才重重地袭击了我。那时候我才开始哭，一哭就是一整天，几乎没有停下来过。然而一直到那个时候，她的死对我来说都还只是一个虚无缥缈的概念。我依然觉得她好像随时可能会从雨林里走出来，笑着和我打招呼，告诉我她又发现了什么有意思的东西。我总会梦到她，在梦里我突然发现她正好就在街的对面，我向她跑过去，跟她聊天，我们拥抱着彼此，一切都那么美好。梦中的我心情无比轻松愉快，直到我从梦中醒来。

我知道这种事情永远不会发生了。我在坠机后那段无所事事的时间里明白了，理性上的理解和感性上的接受是两回事。

我可以享受片刻的宁静，但依然有一些格外有毅力的记者一路追到了我们偏僻的庇护所里。

有一次来了一位护士，声称要检查我的伤口，她的出现让我们觉得很意外。然而我觉得她的长相看起来很熟悉。

“我认识你，”我说道，“我是不是在亚里纳科查见过你？”这位女记者那时候就假扮成了别人，想要接近我。这回她又装成了护士。我父亲把她赶走了。之后的一整天里，他的心情都很沉重。

我想知道他脑子里在想些什么，或者还是不知道为好。

时间一周接一周地过去，我的生活也依旧继续着。我期待见到同学们，期待和他们一起准备毕业考试。我盼望着在利马的生活，去看电影、喝奶昔，去沙滩边旅行。结束毕业考试后，我要在大学里学生物专业，那时候我就真得去德国了。我很早之前和母亲聊过这件事，她告诉我德国的大学更好。我想和我父母一样去基尔上大学，然后成为一名动物学家。不过我还得再等两年。对于一个十七岁的人来说，两年是很长的时间。日子就这么过去了，新的学年马上就要开始了。

我多希望自己已经在利马了，然而要回利马上学就得先翻过安第斯山。

“我和你一起坐飞机去。”我父亲说。我说不出话来。我们当然不会买秘鲁国航的机票，就算我们想买也买不到，因为自从那架“伊莱克特拉”飞机在圣诞节坠毁之后，秘鲁航空公司不仅失去了他们的最后一架飞机，也失去了他们的营业执照。我父亲想要在利马起诉这家公司，却得知他们已经解散很久了。不过就算我们坐另一家公司的飞机，也不能打消我对飞行的恐惧。

“我们一定得坐飞机吗？”我问我父亲。

他看了我一眼，然后说道：“你不觉得这比花三天时间在安第斯山上绕路要好吗？”

我不知道这样是不是更好。然而我什么也没说，我早就学会了勇敢。

我原本以为这个世界已经忘记了我，然而在普卡尔帕就受了一通教训。我根本不知道那些记者怎么打听到我飞往利马的时间的。他们从四面八方向我伸来话筒，四周都是相机的咔嚓声，闪光灯照得我眼花，到处都有人给我递花，一连串问题劈头盖脸地向我砸来：过得好不好，伤势恢复得怎么样，接下来有什么打算，想不想和普卡尔帕的女孩们打个招呼，再次坐上飞机会不会害怕。

我不知道该说什么。我当然害怕，但更怕这群突然来势汹汹向我扑来的人。坐上飞机后，我终于松了一口气。然而飞机启动的时候，我又开始紧张了。我注意到自己身上的每一块肌肉都绷了起来。

我闭上眼睛，试着深呼吸。我仔细地听着每一处微小的响动，放眼望去，不会有暴风雨。好在这趟航班只有不到一个小时，然而对我来说，即使是五十分钟也可以显得很漫长。

在我几乎快要坐完全程的时候，突然听到一声噪音，我一下子陷入了恐慌之中。那是一串丁零当啷的响声，我的心跳停了一下，全身的毛孔都在冒汗，紧紧地抓住了前面的座椅。

“别担心，”我父亲说道，“刚才是起落架被放出来了，我们再过几分钟就要落地了。”

我长出一口气。没过多久，我颤抖着双腿从飞机上走了下去。

但台阶下面站着的那些人想干什么？一大群人挤在停机坪上，把飞机围了起来。他们能这么做吗？这些人是不是在等我？有人给我拍照，一大堆麦克风也伸到了我面前。我真想扭头就走，回到飞机里躲起来，然而后面的人推得我只能往前走。

我感觉自己就像在长矛枪之间穿行[1]。“朱莉安，”我听到有人喊我，“给我们笑一下吧！”“朱莉安，你从绿色地狱回来之后恢复得还好吧？”“朱莉安，你现在有什么计划吗？”我什么也不想说，只想消失在空气里。我的性格比较害羞，承受不了太多的注意力。“朱莉安，你有男朋友了吗？”“朱莉安，听说你向黑皮肤的圣玛尔定·包瑞斯祈祷，是真的吗？”

我们穿过了那群人。我不能理解那些人为什么一直对我这么感兴趣。我在潘瓜纳的那几周，见到的人一只手就能数得过来。到了这里，所有人都向我冲了过来。

那趟旅行中，我父亲和之前很多次一样，住在利马自然历史博物馆的客房里。他拒绝了一切事务，什么都不愿看、不愿听，只是独自和他的悲伤待在一起。而我又搬进了我的同学伊迪斯奶奶家那

1 早期军队中的一种体罚方法，受罚的人要从举着的长矛枪中间跑过，同时受到长矛枪的攻击。

间我曾住过的房间。我以为一切都还和事故发生之前一样，然而却发现事情全都变了。陌生人在路上和我打招呼，想要我的签名或者和我握握手。这给我带来了巨大的压力，我还没有学会如何应对突如其来的“名气”。记者们也不愿意放过我。我一迈出房门，就发现他们已经在门外等我了。我和朋友去市区散步的时候，他们就跟着我们。我们去海滩玩的时候，他们就早早在目的地等着我。他们甚至还试图用长焦镜头拍我在房间里的样子。我觉得自己仿佛被包围了，不管做什么事情都提不起兴致。这和我想象中的回到利马之后的生活完全不一样。

在一个美好的下午，我的朋友伊迪斯说服担惊受怕的我和她一起去德国俱乐部里游泳。我很少去那个地方，因为我父母不怎么去。然而伊迪斯不依不饶。

“啊呀，”我跟她说，“你不知道，那群记者肯定又在那里蹲我。我最好还是不去了。”

“你不可能永远就这么躲着他们生活，”她对我说，“你最好学着适应和媒体相处，你会发现，其实没那么难的。”

伊迪斯知道她这话说的是谁。她自己就是个著名人物，作为田径运动员，她为秘鲁赢得了很多块奖牌。她有和媒体打交道的经验，并且向我保证会一直陪着我。

“而且你担心太多啦。德国俱乐部不允许记者进来的。走吧，天气这么好呢。”

我最终还是妥协了。我想伊迪斯说得有道理，我们很快又要开学了，已经没剩多少能享受的空闲时间了。

一开始，德国俱乐部里很安静。然而我们刚从更衣室走出来，记者们就出现在了我们面前。我不知道他们怎么进来的，当时一下子就被媒体包围了起来，甚至还有一台开着的电视摄像机对着我。

“来，”伊迪斯小声对我说，“你现在最好去友好地回答几个问题，这样他们很快就会放你走了。”

我按着她的建议，乖乖地坐在秋千上，友好地回答了一些没有恶意的问题。没过多久，那个电视团队真的走了。然而这个小意外还是给我留下了不愉快的感觉。

如果我教父那天没有邀请我父亲去他家，我的人生会变得截然不同。他们打开电视，打算看一下当天的主要新闻，接着他极为震惊地看到了他的女儿。她穿着比基尼坐在秋千上，冲着镜头微笑，告诉全世界她过得很好。那完全是个意外。我父亲通常不看电视的，但他偏偏就看到了那两分钟。他先是呆住了，然后大发雷霆。

“你就是这么哀悼你母亲的吗！”他当天晚上来找我的时候，愤怒地质问我道。然后他通知了我他的计划，并告诉我不准反驳。他让我立刻离开秘鲁去德国，而不是在利马参加我的高中毕业考试。

他会尽快把我送上飞机，送到我姑姑科杜拉那里。

我吓呆了，哭了，求他让我留在秘鲁。“我不要去德国。”我想冲他大喊，告诉他我失去的够多了，不要再把我的故乡也夺走。然而他那句严厉的指责似乎已经剥夺了我所有的权利。我过得很好，我在电视里就是这么说的。但他不是，他因为失去了自己心爱的妻子而备受煎熬。接下来的几天里，我一直在祈祷，希望他能恢复理智。我以为等他冷静下来后，他会重新考虑他的决定。然而我的恳求都是白费工夫。他已经做出了决定。

“在秘鲁，”他几天后告诉我，“你永远也不可能过上平静的生活。这些秃鹫一样的记者会一直来打扰你，让你没办法过上普通人的生活。相信我，这都是为了你好。在德国你能开始你的新生活。”

然而我并不想要什么新生活。我只想和班上的其他女孩一样，继续过我原来的生活，去上学，去参加毕业考试，然后再去德国。但不是现在，不是我刚刚决定要在秘鲁重新开始生活的时候。

这一切都没有用。为了办手续，我拍了一些证件照。照片里，我哭肿了眼睛。一切都发生得那么快，就像是一场无法醒来的噩梦。

我在学校的朋友们听说我要离开，给我组织了一场送别仪式。他们趁这个机会送给我了一枚漂亮的玫瑰金戒指，戒指上面有一颗粉色的电气石。他们希望这枚戒指能让我永远记得他们。这枚戒指还是他们凑钱买来的。我很受感动，又哭了起来。

我还记得有一天下午，我和父亲在米拉弗洛雷斯的街道上散步。他想给我解释一些东西，提到了他和我母亲都推崇的哲学思想。他告诉我，古埃及人认为太阳象征着能赋予事物以生命的力量。我注意到，他在努力地组织语言，打着奇怪的手势，像是要把什么东西赶走一样。然而什么东西也没有。

“你在那儿干什么呢？”我惊讶地问道，“那是什么意思啊？”

“啊，没事。”他回答道，然后停下了脚步。

“朱莉安，”他换了种语气说道，“我和你妈妈有一些规则，我们一直都遵守着。其中有一条是说，我们不能吵着架离开对方，晚上睡觉之前一定要彼此和好。”

我看着他，等他继续往下说。他用手捂住自己的脸。

“这很重要。”他说。

到此为止。我看向他的脸，观察着他脸上深深的皱纹，绝望地下垂着的嘴角，清醒得几乎要烧起来的眼神，以及深深陷进眼眶里的眼睛。我突然感觉到，父亲已经完全崩溃了。

一向在感情里很笨拙的他，是不是想通过这句话和我和解呢？我那时候年纪还太小，处在失望和迷茫中，没有察觉到父亲的意图。我和为我提供住宿的我的好朋友的爷爷奶奶告别时说道：“我很快就会回来的！”

然而他们只是看着我，然后说道：“很快吗？说实话，朱莉安，我们不相信。你不会很快就回来的。”

我不愿意听这样的话。我反驳道：“不，这一点我很确定的。”

有一张在利马机场拍的照片，照片里的我悲伤地看向镜头，而我父亲整张脸皱在一起望着我。秘鲁的记者们始终跟踪着我，他们的同事也早就在德国等着我了。我父亲在照片里看起来非常紧张。也许他对自己的决定心存疑问？或者他担心我在最后关头会破坏他的计划？这么多年来，我内心一直都在拒绝我被送到德国的事实。我打算彻底忘掉这件事，如同忘记其他很多事一样。我之前一直都告诉别人是我和父亲一起决定让我去德国。但实际上那是我父亲的决定，我对此很不高兴。我现在终于明白了，他的决定是正确的。

然而当时这件事让我感到非常害怕，因为我又要乘飞机越过大洋。

回到陌生的故乡

我又得坐上飞机，而且这次的飞行不是短短的五十分钟，而是整整十八个小时。我很幸运地在驾驶室里待了几个小时，在那里的时间过得很快，我也没那么害怕了。晚上的时候，我们临时降落在了纽约，我在驾驶室里见证了全过程，那种感觉很奇妙。我很快又找回了自己对于技术方面的兴趣，飞行员们也耐心地回答了我的问题。

在这趟飞越大西洋的航行中，我的内心仿佛进入了一片荒芜的无人区。我迄今为止的生活戛然而止，但新的生活还没有开始。我渐渐明白了，那场坠机并不仅仅是一场痛苦的意外，我无法在经历和消化了所有事情之后就轻松地把它忘掉。即使我奇迹般地“轻柔地”落在了雨林的地面上，还是感受不到脚下的大地，我只觉得轻飘飘的，无依无靠。

我失去了我母亲，我的家乡也被夺走了。我完全不知道我能对自己的新生活有什么期待。我出发的时候内心坚定地想着，我一有机会就要回到潘瓜纳。实际上，我过了很多年才重新见到我深爱着的雨林。

也许正是因此，每次回到秘鲁雨林里的这一小块土地上对我来说都是一件特别的事。现在的这趟旅程也是一次对我耐心的考验。我们刚离开高速路，拐上通往尤亚皮奇斯的土路，路上就出现了一个接一个的泥坑。这里的红土地在雨后变成了一条特殊的滑道，在连续几周的大雨之后，要在这条路上载着满满当当的货物往前开，需要很多经验。我即使已经在雨林走过那么多次，也经历过各种各样的路况，但仍有好几次觉得路过不去了，尤其是当我们像坐在滑梯上一样笔直地往下冲了好几米，一头扎进不知道有多深的水坑里，过了十几米之后又重新笔直地冲回路面的时候。然而这对我们的司机来说没什么大不了的，他依旧聚精会神地开着车，把我们带回了这片混乱的地方。我们一路上遇到了很多大大小小的货车和皮卡，车上装满了货物，货物上还趴着成群的人，他们只能在货物中找些能上手的地方，紧紧抓着。车身有时候歪得厉害，那时候人就不能讲究太多。在这个偏僻的地区，人们掏几个索尔[1]就能搭上便车，所以对于乘车条件的要求也没多高。

1 秘鲁在1863年至1985年使用的货币，后因通货膨胀严重被新索尔所代替。

“等我们开到那扇门之后，”司机说，“情况就会好一点儿了。”

他说得没错。有一次，我们在路上要换轮胎，两位司机的操作非常熟练，就好像他们每天都要干这种活一样。事实也差不多是这样。“换个轮胎？”第二个司机笑了笑，好像很高兴有点儿事情可做，不用一直坐在货斗上跟着车摇摇晃晃。“容易得很！”“新”轮胎上面的花纹已经快磨平了，不过没人在意。

于是我们继续往前开。

我们只在“那扇门”那里短暂地停留了一会儿。女店主不在家，我给她女儿带来了几张我上次路过的时候给她母亲拍的照片。我们喝了杯啤酒，然后继续赶路。没过多久，我们横渡了申波亚河。我让司机在那里停了一会儿，因为那条河对我来说有着特殊的意义。我去到桥边，然后走到桥的中间，从铁质的支柱中间望向水面。我当时是不是也到过这里游泳，或者蹚着水，或者在岸边小心翼翼地边提防着魔鬼鱼边往前走？我每次问别人飞机的残骸到底在哪个方向，都会得到不同的答案。雨林一直牢牢地控制着这些残骸，只有一次，有个叫沃纳·赫尔佐格的顽强的人让它退了几步。

我们抵达了宽阔的、含有泥土的白水河[1]——孙加罗河，穿过了

1 热带雨林的三种主要河流之一，特征是含有大量悬浮物质，酸碱度（pH值）接近中性，河水外观浑浊，常呈牛奶状。另外两种主要河流是黑水河和清水河。

和它同名的小村庄，一路向南。路已经没剩多远了，但我们还得继续往前开。我内心的焦急和兴奋混杂在一起，并且越来越强烈。跨过了美丽的黑水河——雅娜亚库河之后，我们到达了通往尤亚皮奇斯的道路的入口。我们在天黑前三个小时开到了那个小村庄。我催莫洛抓紧时间，让他去给我们和我们的货物联系船只。我其实也知道，这里的事情一向不会办得那么快。

在雨林里，大城市的忙碌感一下子就离开了我。雨林有它自己的节奏，人们也懂得适应。所以当莫洛一个小时之后满脸是汗、气喘吁吁地出现在我面前的时候，我一点儿都不生气。他告诉我，他给我们和我们的箱子找到了一条船，但箱子却装不下我们所有的食物。于是我们把东西先存到了内利家，然后动身前往河边。Mañana, mañana[1]，明天又是新的一天。

我每次过那条河都觉得像是越过了一条神秘的边界。前面是现实生活，后面是潘瓜纳。在潘瓜纳的生活和在利马或者慕尼黑的生活一样真实，但它属于另一个世界。在那边，自然是被人类所接受的客人，人们种几棵树，在窗前摆一些植物，养只宠物。在潘瓜纳，自然才是主人，而我们只是访客。尽管按照文件上的说法，这一小片土地属于我们，但在我看来它更像是大自然借给我们的，或者更

1 西班牙语，意为“明天”。

准确地说是大自然委托给我们的。我们这些生物学家来到这里，被大自然所震撼，然后在这里学习、观察，并努力把我们获得的新知识传播给其他人类。

“知道那里爬来爬去的有多少甲虫、蚂蚁、臭虫、螨虫以及别的小虫子，有什么好处呢？”常常有人问我，“对我们有什么用呢？”

“人们只有研究过、了解了一些东西后，才能去保护它，”我总是这样回答，“人们迟早会发现，长期地保护雨林和其中丰富多样的生物是有好处和价值的，不能为了短期的利益毁掉它们。”但只要我们依然把雨林当作荒野，当作“绿色地狱”，我们就像是不懂事的小孩，因为不知道纸币的价值而点燃了一堆钱。

我常常闭口不提自己对这片尚未探索过的充满了秘密的绿色世界的热爱。在很多人眼里，感情并不是一个有力的证明。爱的理由其实有很多：如果热带雨林被摧毁了，那么原先储存在雨林的生物质里的二氧化碳就会“逃逸”到大气层中，这些二氧化碳足足有几十亿吨，而且还会排放出其他有害的气体；如果森林面积大幅减少，气候就会变得更加干燥，地下水位会下降，气温会升高。这些后果不容小视，它们对全世界的气候都有着严重的影响。

我父母四十多年前来到雨林里的时候，亚马孙的雨林几乎还没有被研究过。他们当时的计划是在一块特定的视野开阔的地方调查这一小片空间里有哪些生物。他们找到了潘瓜纳，在无边无际的广阔雨林里把注意力集中到了这块两平方千米的土地上。他们打算先观察并记录这里生长着的生物，工作有很大一部分就是编制生物种类清单。与此同时，他们还打算研究低地雨林里由各种生物共同参与的生态系统，尤其是动植物在生态位上的分布。这里的每种生物都给自己找到了合适的生态位，从而能和其他生物共同生存下来。这样通常会形成一个非常复杂但是有意思的关系结构。我母亲是鸟类学家，因此更关注对鸟类世界的研究，而我父亲更有全局观，虽然在他那个年代还没有“生态学”的说法，但他一开始在工作中用的就是生态学的方法。

他们原计划是在潘瓜纳待五年，然后回利马去分析他们的调查结果。也许他们也无法想象，在这里生活超过五年会怎么样。他们很快就发现，安第斯山附近的低地雨林里的生物多样性是如此丰富，仅仅想要整理出一份粗略的生物种类清单可能就要花上一辈子的时间。那时候只有大型的或者常见的动植物才有这种清单。也有一些对于某些大范围地区或者整个国家的生物种类的一览表，但那些表单并没有考虑到生物之间的关系，也没有专门以雨林为主题的。我父母专注在这一小片地区上，完成了对当地生态系统全面深入的研究。这在当时是开创性的。

世界各地的研究者在听说了潘瓜纳丰富的生物多样性之后纷至沓来。我父母，尤其是我母亲，和全世界的科研同行有着密切的联系。

那个时候还没有电子邮件，也没有互联网，一封信通常要花上好几个月才能寄到我们手上。母亲在信里经常提到通信的不方便，而且她也敢咨询相关人员，问他们为什么一封信有时候要花五个月才能从普卡尔帕寄到潘瓜纳。

我母亲常常去美国或者欧洲参加国际会议。1970 年初，她有很长一段时间都不在潘瓜纳。因为我那时候马上要回利马，所以一直记得那段时间发生的事。当时有好几位学者到我们家拜访，而我每天都要给所有人做饭，觉得很辛苦。

我父母研究了他们在潘瓜纳遇到的每一种生物：它们如何适应环境，如何应对捕食者压力，为了获取营养发展出了哪些竞争的策略等等。他们是全世界最先进行这些工作的人。他们一开始就考虑到了所有因素，不留例外也不排优先顺序，很快就发现，他们的工作需要花很多的时间，如果没有人帮忙的话，工作几乎没有尽头。因此当他们知道有很多同事都愿意把潘瓜纳作为新的研究区域的时候，觉得很欣慰。一直到今天，还是有很多生物没有被列入清单。即使如此，潘瓜纳依旧是安第斯山东部的秘鲁热带雨林里被研究得最透彻的站点。它还是历史最久的研究站，还可能是面积最大的。其他的绝大多数研究站则有更多的资金支持。我父亲在 1974 年离开潘瓜纳、在汉堡当教授的时候，他给他的硕士生和博士生布置了在潘瓜纳还没得到充分研究的生态学方面的题目。父亲就是通过这样的方式，把很多知识渐渐汇总到了一起。至今还没有人深入地、系统地研究过潘瓜纳的鱼类。我父母曾在河里架了一张固定的渔网，有一次捕到了三十五种不同的鱼。潘瓜纳的确还有很多要做的事。

如果我母亲能看到潘瓜纳这些年的发展，她一定会很开心。不过她可能会眨着眼睛说："什么？这么多年了，你们还没编完鱼类的清单吗？"我一边想着，一边沿着下坡爬到了帕奇特阿河的旁边，那里已经有船在等着我们了。

我大胆地三步并作两步登上了我们的"潘瓜纳一号"。它是一艘传统的独木舟，边上用木板做了加固和延伸。上船的时候脚最好是踩在中间，不然人可能连"哎呀"都还没说出口，就掉进水里了。之前我在潘瓜纳生活的那两年里，我可以自己撑一艘边上没有加固的简易独木舟。我已经很久没试过了。现在人们在船上用的是经典的七马力外置马达，它因为会发出咔嗒的响声而得名"帕卡帕卡"。这种发动机配有一根很实用的长操作杆，如果船不小心搁浅了，就可以用这根杆子把螺旋桨从水里抬起来。对我来说，连"帕卡帕卡"都像是家的声音。

亚马孙河上的傍晚时分景色格外优美。平时像牛奶咖啡一样的棕色河水上闪烁着金色的波光，天空换上了绚丽的色彩，岸边的鸟群、青蛙和昆虫的合唱也变了音调。没人说话。河流就像是一条有魔力的带子，领着我们顺流而下，横穿过宽阔的帕奇特阿河，路过淘金者的小屋、在房子前玩耍的孩子们，以及一片片雨林植物组成的绿墙。我期待地等着麝雉出现。这种鸟曾经救过我，我母亲也深入地研究过它们。在无数个夜晚的河边上，她以极大的耐心观察着这种罕见的鸟类。然而那天麝雉却迟迟没有出现。

我们到了尤亚皮奇斯河的河口。我们的船夫给船掉了个头，在一处沙地上停了下来。我认出了小山上面的莫德娜农场，那是莫洛的祖父母以前建的。

我们得从这里走完最后的一段路。

之前，我们得从河口出发，先在多娜·约瑟法家住上一晚，调整一下，然后再穿过茂密的次生雨林和原始雨林。从莫德娜农场到潘瓜纳路上的雨林已经被开垦了，我们的徒步旅行因此变得更容易了，但我还是感到很遗憾。过去的三十年间，越来越多的土地所有者都转去从事了畜牧业，为此开垦了雨林。他们并没有取得什么成果，因为这样开发出的土地并不满足经营畜牧业的条件。刀耕火种留下的树木灰烬里只有微不足道的营养物质，被开垦的土地只有在很短一段时间内是肥沃的，之后营养物质很快就会耗尽，土地也会变成荒地。因为没有雨林植物的根系，那些土地在下雨的时候没法吸收水分，只能慢慢干掉。水流失得太快，土壤里原本就很薄的腐殖质层被冲进河水里，水土流失变得愈发严重。草长得很稀疏，牧场主不得不额外给牲口们喂昂贵的精饲料。雨林里落后的基础设施建设也让他们的牛很难卖。要把这些动物运出去，得走很长一段路，它们只能挤在船上，一路下来，体重掉得很快。等到了普卡尔帕的时候，它们往往都瘦得干巴巴的，卖不出好价钱。即使这样，每年还是有很多公顷的雨林被毁灭。由于人们的无知和走投无路，畜牧业致富的传说依然广为流传。

到了晚上，我们横穿莫德娜农场的草地，高兴地欣赏着渐渐落下的太阳。我们蹚过了一个很深的泥坑，又从一片熟悉的浅滩上跨过了尤亚皮奇斯河。那里的水刚好齐到我们橡胶靴子的上边缘处。莫洛的妻子内利和她的两个女儿在尤亚皮奇斯村加入了我们，并把我们远远甩在了身后。我们沿着一段积有死水的旧河床走了几千米。前不久凯门鳄又回到这里生活了，这让我非常高兴。它们消失了太长时间，之前被印第安人和附近的村民赶尽杀绝。这些人担心他们养的小动物，但也喜欢凯门鳄美味的肉。

过了一阵子，我终于看到了那棵吉贝树。它骄傲地俯视着其他的树，舒展着它壮观的树冠。这棵树有五十米高，年纪有好几百岁，是潘瓜纳的标志。接着看见的是莫洛住的房子，那两栋给客人的小房子。它们都是不起眼的木质小屋，没有什么特别之处，但在我眼里就是人间天堂。我们在两年前建了一间淋浴房，尽管只有冷水，但对我们来说依然是极为奢侈的享受。在那之前，我们一直在河里洗澡，那里有很多蚊虫，人被咬到的话常常会很不舒服，有的甚至会感染。淋浴房的屋顶有一个很大的容器，我们定期抽一些河水，混进去的泥土会沉积下来，干净清凉的水则从一根管道中流出来。然而我们的饮用水跟其他绝大多数食物一样都得从普卡尔帕带过来。

莫洛的狗叫了起来。我们马上就到家了。莫洛的小屋上的烟囱里冒出了阵阵炊烟，内利已经在炉子里生好了火，开始准备晚饭了。我相信，就算没有我们留在尤亚皮奇斯的那些食材，她也能给我们变出当地常见的美味佳肴。

在潘瓜纳的第一个晚上，我们尽管经历白天的舟车劳顿，但还是围着烛光在阳台上坐了很久，这样我们就不用开发电机了。莫洛像变魔术一样从他的背包里掏出了几瓶啤酒，我们分着喝掉了，边喝边倾听着雨林夜晚的各种声响。雨林的声音把我包裹了起来，有很多小蝙蝠在我们身边绕来绕去。在潘瓜纳，光是小蝙蝠就超过五十种。我花了很多年研究它们，并在博士论文里记录了我的研究结果。

那时候，我从利马出发，途经美国飞往德国，在法兰克福落地的时候已经筋疲力尽了。那里也有很多记者等着我，他们坚持要给我拍照，我也只能忍着。我在飞机上眼都没有合过一下，而且还要适应时差。

我父母的朋友在法兰克福迎接了我，并按我父亲的嘱托帮我安排了中转的行程。我接下来还得去基尔。

伯恩哈德·格齐梅克是我在德国遇到的第一批人之一。他不仅是活跃在媒体上的受欢迎的著名动物专家，也是法兰克福动物园的园长。我一直很喜欢参观动物园，没想到这下能去这家著名的动物园了。但我那时候太累了，连去动物园都打不起精神。我只是呆呆地接受别人的建议。后来我才知道，格齐梅克的儿子米歇尔十三年前在塞伦盖蒂[1]的一场空难中去世了。那时我才明白，他遇见我的时候一定也很受触动。

我离开法兰克福后要乘一架小飞机前往基尔。我姑姑和奶奶都住在那里。要登上飞机的时候我特别害怕。也许那对友好的夫妻注意到了我的恐惧，问了我好几次要不要让他们开车送我去基尔。我特别想答应他们，但不敢那么做。我只能再一次咬紧牙关，坐进了那架涡桨飞机——它和秘鲁国航的那架飞机属于同一种类型，不过体形更小。我又熬过了一趟飞行。一切都很顺利。我到了基尔之后已经累得不成样子，一口气睡了整整十三个小时。

我姑姑科杜拉和我的奶奶以我能想到的最大的热情迎接了我。

1 非洲坦桑尼亚西北部至肯尼亚西南部的地区，其中包括塞伦盖蒂国家公园，世界上最著名的国家公园之一。这片地区因每年都会出现的大规模动物迁徙而闻名。

我姑姑把她的房间为我腾了出来，搬去了客厅，在那里生活和工作，而我在那套有三间屋的房子里获得了自己的小小王国。姑姑从来没有表现得像是她做出了什么牺牲，而是很自然地就那么做了。我从一开始就和她们俩关系非常好，尤其是我姑姑，她非常仔细地照顾着我，我一辈子也不会忘记。然而这种转变对我来说并不容易。我在德国注意到的第一件事就是我经常觉得很冷。当时是4月初，我只在安第斯山里体验过那么冷的天气。

在基尔，我姑姑也跟我讲了她是如何在德国听到那则可怕的消息的。那时候还没有电子邮件，打电话到另一个遥远的大陆也并非易事。因为我父亲在潘瓜纳，她不好联系，于是她作为记者的关系网派上了用场。

她一开始以为，我和我母亲在12月23日就已经飞走了，所以在听到坠机的消息的时候没怎么担心。但后来她又听说，我们当时就在那架飞机上，于是紧张了起来。那段时间，法新社在波恩的分部表现得非常积极。12月26日，他们的编辑在利马办公室的帮助下，用了不到三个小时，就找到了秘鲁国航空难那架飞机上的乘客名单。后来，科杜拉姑姑的同事还一直通知她有关搜救行动的最新消息。她在一封感谢信里写道："我在这里代表我们这些在德国的家属，感谢你们在1972年1月4日通知我，我的侄女朱莉安被找到了。这对我们来说意义非凡。"直到今天，我依然惊讶于那时候获取可靠信息的难度，以及我姑姑的机智和她四通八达的人脉关系。

我在基尔的前几周过得都不太清醒。我的心情不怎么好，身体也不太舒服，而事情一件件地发生着。我因为来得太仓促，家人得先找个学校，这样我才能去参加毕业考试。我运气很好，母亲的一个亲戚的丈夫是基尔的威灵多夫高级文理中学的校长。这所学校是那一带第一所引进改革后分级制度的中学。他提出让我直接加入十一年级，看我能不能跟上进度。实际上，毕业班对我来说反而更容易，因为那样我可以直接选自己最擅长的科目。不过，利马的学年是在 4 月开始，而德国的学年则是在秋天开始，也就是说我正好是在学期中间插进了班里。我感到很害怕。

去学校的第一天也确实是这样。我一开始没找到正确的教室，因此迟到了。老师批评我道:“本来就是新来的，还迟到！”除此之外，我还得适应德国的习惯。比如，在利马的时候，想发言就得先站起来。我在班里闹了一次大笑话之后，很快就改掉了这个习惯。

我身边的同学很快就友好地接纳了我，我也找到了一群很好的朋友。当然，他们也知道我是谁，知道我的故事，也一直好奇地问我问题。我很难完整地讲述我经历的那些事情，尤其是我才刚刚从我的家乡秘鲁被“赶”了出来。好在新环境里的所有人都在努力帮我更轻松地适应那里的生活。几个星期以来发生的事情实在是太多了，它们一股脑地压在我身上，而我的身体清楚地告诉我，它不能一直再那么撑下去了。

自从我的膝盖在亚里纳科查肿起来之后，我走路的时候经常感觉很疼。我姑姑带我去看了外科医生。他不仅检查了我的膝盖，还看了我的脸，然后说道："你的眼睛全都发黄了！我马上把你送去医院，检查一下！"医院的人让我留了下来，还把我隔离了起来，因为我不仅十字韧带撕裂了，而且还得了严重的肝炎。我的肝脏肿了起来，而这就是我一直恶心反胃的原因。

于是，我躺在了医院，总的来说感觉还不错。我只想过安静的生活，这个愿望也实现了。我得严格控制饮食，但是我不怎么在意。没错，我挺喜欢医院里的生活。

医生和护士都很友好，和我同住一间病房的病友很活泼。我很久都没有觉得那么安心了。如果要我做决定的话，我想，我愿意一直住在医院。我得被送进医院才能不受打扰，这难道不奇怪吗？之前发生在我身上的所有事情确实给我带来了太大的压力。我在亚里纳科查的时候，虽然享受着很舒适的环境，却总是被各种事情搅得不得安宁：每天都要面对很多记者的邀约采访，都有关于遗体搜救的新进度，还有其他可怕的新闻，以及只有我一个人生还下来的消息；再加上我母亲去世的事情，还有我和父亲之间难以察觉的紧张关系，以及他未曾表明却又无法掩盖的悲伤。我和父亲之间有太多事情都没有挑明，而我也一直没有从我对秘鲁匆忙的离别中回过神来。住在医院的我终于得到了我迫切需要的时间和安宁，因此我一点儿都不想离开它。

过了四周，我的身体渐渐恢复了。那时候医生才发现我在德国没有医疗保险，所有的费用都得我承担。他告诉我，我可以在家卧床休息，控制好饮食，然后就让我出院了。我想的却是：哦，不，我现在又得去别的地方了！不过我姑姑一直细心地照顾着我，让我渐渐找到了家的感觉。我又在床上待了几周，在学校新认识的同学们时不时来看望我。就这样，漫长的假期又到了。

9月的时候，我又回去上学了。我发现，在姑姑的帮助下，我可以跟得上十二年级的学业，不用再读一遍十一年级。我选的考试科目是生物，这是理所当然的！另外还有德语。德语是在我姑姑的建议下选的，她本来就是作家，一直尽她所能鼓励我坚持对文学的热爱。我很擅长德语这门课，而她又进一步帮我改善了我的写作风格。我只有数学课要回十一年级重新上，因为我在秘鲁没学过集合论，并且那里的课程安排和德国的有些不一样。我最后在德国的毕业考试里拿到了漂亮的一分，对此我感到很骄傲。

科杜拉姑姑是一位很有趣的女士，我渐渐意识到了能和她住在一起是一件多么幸福的事情。她是记者、作家，没结婚，和她的母亲住在一起。她了解政治和艺术中的最新动向，在她的影响下，原本对这些领域并不怎么感兴趣的我也变得敏锐了起来。她写了很多作品，其中包括非常成功的露·安德烈亚斯·莎乐美[1]和埃迪特·施泰因[2]的传记。她在帮我读作文，尤其是读我写的赏析的时候，简直如鱼得水。我永远都不会忘记她是怎么教我解读诗歌的。她希望我可以亲自找出诗中藏着的含意，一直鼓励着我，直到我成功。那些经历拉近了我和她之间的距离，我至今都非常感谢她，是她让我对文化的各个方面有了初步的认识。

我在基尔的头两年画了很多画，用的经常是粉笔和炭笔。我的这种天分显然是从我母亲那里继承来的，她非常擅长勾画动物。她在慕尼黑跟着汉斯·克里格教授学习了怎么画飞行中的鸟类以及其他在快速运动中的动物，她画的速写堪称完美。除此之外，她还给我父亲的书画了上百幅插画。在她去世之后，秘鲁发行了一套包含五张她画的鸟类的邮票。

我那时候也非常享受画画，甚至认真地考虑过要不要在大学里放弃生物而去学艺术。我在学校里有一个关系非常好的女老师，她也鼓励我发展自己的兴趣。她经常带我到各种地方看展览。她还邀请我去她家，我凭借那次机会认识了基尔文化界的一些艺术家。这

1 俄罗斯心理分析家和作家，曾是弗洛伊德的助手。

2 德籍犹太裔现象学哲学家，赤足加尔默罗隐修会修女。

些经历都让我变得更充实了，我在秘鲁的时候从来没有体验过这些。

我很希望忘记过去的事情，可还是有各种情况让我不得不想起来。《星报》把根据我经历写的一个故事的所有权转卖给了一家电影公司，一位名叫朱塞佩·斯科茨的意大利导演（和著名的美国导演斯科塞斯不是同一个人）拜访了我，他想要搜集一些一手信息。于是我又得再跟他从头讲一遍我的经历，回答他的一连串问题。我很有耐心地完成了这一切，但没有参与后续的电影拍摄工作。我觉得这样就可以了，参与得越少越好。

我在基尔的第一年就这样快要结束了。也许我姑姑担心我对圣诞节会有难过的感受，然而事实却很奇怪。可能是因为德国的圣诞节和雨林里的圣诞节完全不一样，也可能是因为我一直都没有真的感受到悲伤，我并没有在圣诞节想起什么旧日的痛苦回忆。我只是在为接下来的夏天做计划，这或许也是我缓解自己思乡之情的一种方法。我姑姑写信告诉我父亲，说我打算在1973年的暑假回潘瓜纳看看。

这是世界上最正常不过的事情：女儿想在暑假回家。我难道没有做到父亲希望我做的事情吗？我难道不是在生了重病的情况下依然出色地完成了新学校的课程，甚至还跳了一级吗？我姑姑在给我父亲的信里提到我在德国第一年的时候，总是这么写道：“朱莉安这周在学校的功课上花了很多功夫。”很奇怪，我根本不记得自己还有那么多事情要做。这对我来说肯定是放下过去、忘掉思乡之情的最好的办法。

除了我的身体，我的心也慢慢来到了基尔。我的健康状况已经恢复得差不多了，很期待再次见到潘瓜纳和我父亲。但当我算了算除去漫长艰难的旅行，五周长的暑假还能剩下多少的时候，心里犯起了嘀咕。我姑姑也谨慎地劝我不要去，告诉我旅程会非常辛苦，要坐长时间的飞机后才能在潘瓜纳待上两周。我光是想一想又得坐飞机就起了一身鸡皮疙瘩。我的外婆后来催我去施塔恩贝格湖边拜访她，因此我渐渐放弃了回秘鲁的计划。

我不知道我父亲其实也拒绝了我回去的请求。我在我姑姑的遗物中找到了一封信，信的内容让我全身发冷。我父亲对很多去拜访的动物学家都表示了欢迎，却在信里写道："朱莉安居然又想回到这里，这让我觉得很震惊。我认为这非常不可取。请说服她不要这么做，有很多原因都让她不适合来这里。如果玛利亚的哥哥想来，是可以的，但他得考虑到我在这里并没有助手，这里也不是什么避暑胜地。如果朱莉安不听我的话，到这里来了，她就得做好心理准备，经历一些她意想不到的事情。"

我姑姑回复道："朱莉安已经放弃去秘鲁的计划了。她发现假期只有五个星期，她在潘瓜纳最多只能待十七天。你根本不用像在12月30日的信里那样，说那么重的话来威胁她，这只会影响到她好不容易才找到但却又易碎的身心平衡。因此我根本没跟她提那封信里的内容。”

现在，几乎过了四十年，我才知道了这一切。我不明白我父亲为什么不愿意见我，到底是什么东西让我“不适合来这里”。他讨厌我吗？他是不是因为我活了下来而我母亲死了在生我的气？

即使过了这么多年，他言辞粗鲁地拒绝我回家这件事依然让我很难过。奇怪的是，在我几周前发现这封信之前，我完全不记得自己考虑过回潘瓜纳的事情。如果有人问我，我肯定也会斩钉截铁地否认。然而信件里确实这么白纸黑字地写着。我怎么能忘得一干二净了呢？

我为什么放弃了这个计划？如果我真的那么想家的话，十七天的时间可不算短了。我有没有可能在没听说的情况下，隔着这么远的距离感受到了我父亲对我的不欢迎？我不知道，也不可能再知道了。我父亲在 2000 年去世了。为什么人总要等到最后才问出最重要的那些问题呢？

不过，我父亲不可能真的生我的气。他在 1972 年的 11 月底就寄出了给我的圣诞信，这样我就能在圣诞节准时收到。信的开头是这样写的：

亲爱的朱莉安！

我要祝你圣诞节快乐，祝你在新的一年一切顺利。从去年以来，圣诞节对于我们就多了一层特殊的含义。对于你来说，这一天将永远是你重获新生的纪念日。对于我来说，它是悲伤的节日。这个节日还要持续几天，一直到你妈妈真正去世的那天，估计也就是1月6日或者7日。

这封措辞严厉地拒绝了我去潘瓜纳的信是他在1972年12月30日写给我姑姑的。那时候空难过去了才刚刚一年。他度过了第一个没有我母亲陪伴的圣诞节，我不忍心想象他的内心会是什么感受。

“都这个时候了，我的邻居，”莫洛开口打破了沉默，把我从思绪中拽回了现实世界，“你一点儿都不累吗？”

“我累了，”我说道，“今天可做了不少事呢。我只是很高兴又回到这里来了。”

“我们也是！欢迎回到潘瓜纳！”

我们打着手电筒一路摸到了淋浴室，在那里刷了牙，然后又找到了自己的床。床很硬，但我们并不介意。我已经预料到了，我会睡得很香很沉。

人间仍有 奇迹

几天之后，我们准备去印加港的市政厅处理土地登记的事情。莫洛和他的助手扎诺一大早就划着独木舟把我们送到了渡口，这样我们就可以少走几步。

岸边栖居着很多大鸟，具体来说是一大群麝雉。我很高兴看见它们。

我们在莫德娜农场见到了莫洛的叔叔埃尔维诺，他热情地问候了我们，准备开船送我们过尤亚皮奇斯河。我们很快就在那里找到了一辆车，乘着它到了孙加罗河边的同名村庄。然后我们又得考虑下一步的计划了。

我在适应了雨林的生活、规则和习俗之后，就开始享受这种生活了。就算没有可以使用的公共交通工具，我们也能找到办法到达目的地。雨林里这些离得很远的小地方之间总会有司机来来往往，一般来说很快就有搭便车的机会，不过运气不好的时候得等上好几个小时。事情就是这样，没必要生气，但对于欧洲人来说，这得花些时间才能适应。不过人们越接受这种节奏，就能过得越舒服，因为咒骂和抱怨都没用，只会让心情变糟。

通往孙加罗的路虽然不算泥泞，却布满了拳头大的卵石。路上有很多坑洼，而我们的司机把车开得飞快，显然是决定了要尽可能快地从那些咕噜噜响的土路上开走。那一段路比起普通的街道更像是给巨人的小孩玩的滚球滑梯。这对车的减震系统、我们的椎间盘以及屁股下的坐垫都是个挑战。我们到达孙加罗的时候，被一路的颠簸晃得有点儿迷糊，不过到印加港就只需要一个半小时了。我们坐上了一辆按欧洲标准来说已经满员的旅行车。人们在车里挤成一团，我和我丈夫一起坐在了副驾驶座上。司机就这么在一辆定员四人的普通轿车里又塞下了四个人。有个胆子尤其大的人甚至直接坐在了敞开着的后备厢里，彻底地践行了“舒服地走路不如难受地坐车”的理念。

我每次来到帕奇特阿河边，看到对岸的印加港城的时候，都会回忆起我和母亲在这里落脚休息的往事。这座离坠机地点只有二十千米远的小城首先会让我想起我的遭遇。当时全秘鲁的人都知道我是朱莉安，从秘鲁国航的空难中活了下来，在这里则更夸张，我简直就是当地的大明星，就连岸边站着等生意的船夫都能马上认出我来。那个“有幸”渡我们过河的没牙老人笑成了一朵花。

正午的时候，我们到了河的对岸，登上水泥制成的台阶，来到了岸边的路上。烈日无情地照在我们头上。土地管理局尽管没有午休，但负责我们的官员“正好不在”。他晚点儿会回来吗？那里的秘书也不太清楚。我们可以下午两点钟再来一趟，相当于说我们得在市政厅碰运气。我一直相信世界上没有巧合，可就在那时我们偏偏遇上了一个老熟人——马西奥。那个当时把我从雨林里送到了托尔纳维斯塔的人，突然出现在了我面前。他和我们一样，变老了，脸上的皱纹比之前更明显了。他看到我的时候喜形于色，而对我来说，每次遇见他都非常感动。他说他过得很好，只是七十三岁了，没以往那么爱活动了。

“那时候啊，”他说道，“都过了多久了，我们那时候什么没经历过啊。”接着他问我有没有关于我的故事的碟子，他想给他孙子看看。

没错，当时秘鲁国航的空难以及后续的搜索行动毫无疑问是这座小城历史上的重大事件。后来意大利导演朱塞佩·斯科茨把这个故事翻拍成了电影，并来这里进行了现场取景，这成了另一个重大事件。

取景地点包括普卡尔帕机场、亚里纳科查、“小屋”——我父母的朋友的别墅酒店，以及印加港。我的角色是由年轻的英国女演员苏珊·潘哈里冈（Susan Penhaligon）扮演的。有的人说她跟我长得非常像，到了能以假乱真的地步，以至于有很多人以为电影里的我就是我本人，其他人则表示她跟我没有任何相似之处。人们的看法竟然可以如此大相径庭！我父母的角色也是由专业演员承担的，否则剧组里就有太多毫无经验的演员了。除此之外，很多人都在电影里扮演自己，比如说马西奥，他在电影里扮演的就是救我的人。直到现在，这座雨林小城里还流传着很多当年拍电影时的奇闻趣事，尤其是短暂地在电影里出现的“潘帕瓦罗”（Pampa Hualo）。这个当地著名的怪人的名字来自雨季的一种青蛙，人们至今提到它还是觉得很有意思。

斯科茨导演也去潘瓜纳拜访了我父亲，打算在现场拍一些镜头。可他后来又改变了主意，于是剧组在亚里纳科查的“小屋”酒店的一块空地上仿建了我们家的棚屋。我父亲这样评价它，“看起来很寒酸”。

我跟其他人一样，都是等到了电影在1974年德国影院上映之后才看到它。基尔一家电影院的老板邀请我和姑姑去参加首映礼，还问我能不能在电影结束之后向观众介绍一下自己。我愉快地接受了他的邀请，不过更愿意保持低调，但还是觉得非常紧张。电影放映的时候，我坐在我们漂亮的包厢里，时不时打着寒战。飞机坠毁的场景尤其触动我，那也是整部电影里最好的片段之一。我清楚地记得坐在我后面的一对年轻情侣的对话。女孩对男孩说：“简直不可思议！不可能有这种事情吧！”我当时差点儿就要转过身去告诉她：“有的，确实有这种事，我就亲自经历过！”不过我还是选择了沉默。

电影里也有很多烂俗的片段。有一段是电影里的我精疲力竭地蹲在一片山坡上，夜色中突然跑出来一只母猴和它的孩子，一只美洲豹在身后狂追不舍。小女孩被凶猛的“大猫”吓得拔腿就跑，这时，母猴突然把它的孩子丢给了小女孩。于是女孩和小猴子紧紧地抱在一起，相互安慰着。第二天早上，小猴子离开的时候，女孩绝望地对它喊道：“不要走，别把我一个人留在这里！”

我该怎么说好呢？这部电影算不上一部杰作。尽管扮演我的那位女演员非常敬业，不辞辛苦地扑进泥里，在很多片段里倾尽了全力，然而总的来说，这部电影还是很无聊。导演努力地想要还原当时的场景，剧组里的素人演员也都竭尽所能去表演，然而结果却不尽人意。最精彩的坠机片段出现在电影的前三分之一，后面的部分就是在叙述我像障碍跑一样，越过了一个又一个危险，最终走出雨林。

这部电影在德国的片名很有噱头，叫作《绿色地狱中的求生少女》，放了三个月，在秘鲁以及其他南美洲国家则叫《迷失在绿色地狱》，排片的时间更长。这部电影在美国影院也上映了，片名叫《人间仍有奇迹》。然而据说这部电影到头来亏了本，因此我也没有从全球的票房里分到钱。这部电影在电视上也放了，用的依然是那个充满冒险色彩的片名。那位导演后来去世了，电影团队也早就解散了，因此我也一直都没拿到影片的正式副本。

让我父亲很生气的是，苏珊·潘哈里冈后来还拍了一些有裸戏的电影，于是有些报纸就把我穿着短袖和牛仔裤的照片和她的裸照印在了一起。我自己其实不怎么在意这种事，然而有很多人问我那个演员是不是我，还问我是不是真的愿意拍裸戏。

报纸上还有谣言说，苏珊·潘哈里冈九十年代的时候在美国意外去世了。这种奇闻异事和媒体胡编乱造的报道一样，有很强的生命力。我知道这位女演员至今依然非常健康，但谣言还是顽强地活了下来，甚至还有一个版本说当时遇难的是我。很多人根本就分不清虚拟和现实，以为电影里的我就是我本人，因此闹出了很多可笑的事。有一次，我和埃尔文·拉梅尔一起从利马出发去北边，路上遇到了一个研究自然科学的科学家，他的车抛了锚，他被困在了路上，我们决定载他一程。巧合的是，他刚好认识我母亲。我坐在车的后排，埃尔文跟他聊了起来。他说道："玛利亚·科普克那时候在事故中去世了，真是场悲剧。然而更让我难过的是，她女儿那时候从空难中奇迹般地活了下来，后来却在美国遇到意外死了！"

这时候，一向喜欢开玩笑的埃尔文说道："你是说朱莉安吗？想跟她说两句话吗？"

科学家震惊地从旁边看着他。

"没错，"埃尔文执意说道，"你今天撞大运了！你愿意的话，现在就可以跟朱莉安聊聊天。她就坐在你正后边。”

那个人有如五雷轰顶，根本不敢相信我还活着，而且还正好跟他坐在一辆车里。

我经常遇到这种事情。有一次我在一个招待会上认识了几个人，他们说什么都不相信我就是朱莉安·科普克，一定要让我把护照拿出来。还有莫洛的一个亲戚拜托我给她发一张我最近的照片，她要用来说服她的老师，证明我还活得好好的。和其他谣言一样，关于我在美国遭遇的事故也有五花八门的传说。有的说我在汽车上出了车祸，有的说我骑自行车的时候出了意外。很多人对这些故事的执念深到了一种难以置信的地步，就算我本人站在他们面前，他们还是不相信，他们宁可相信媒体的报道。

印加港的人们也不敢相信我在几年后又回到了这里。我虽然在市政厅没找到一个能帮我办关于潘瓜纳的事情的人，但是却引来了一大群秘书和办事员，他们每个人都想和我合影。不知不觉到了吃午饭的时间，我们听从了一位年轻女士的建议，去了她母亲开的餐馆。

我毫不惊讶地发现，我早在很久前就认识这位女士了。她原来开的是家酒店，名字我都还记得，叫“阿拉丁的神灯”，灵感来自她丈夫的名字——阿拉迪诺。我母亲经常在这里休息，我也跟着她一起来过几次。女主人见到我们，满面春风，不仅给我们提供了一顿丰盛的午餐，还热情地和我们聊了起来。

我们毫不意外地聊起了过去。女主人提到，有一次我母亲在这里过夜的时候，在包里发现了一条蛇——我觉得这也是谣言，但并没有反驳她。我们顺理成章地很快就聊到了那个狂风暴雨的圣诞节，那时那架飞机在雨林上空盘旋着，最后消失了。我再一次听着别人像讲他们亲身经历一样讲着我的故事。

我不由得想起了沃纳·赫尔佐格的那句话："你的故事不再属于你自己了，它属于公众。"无论我情愿与否，他说得确实没错。

当时《星报》拿到的不只是关于我故事的电影翻拍权，还有对书的授权。幸运的是，所有手续上的事情都由我姑姑负责，毕竟在这方面，她是专业的，而且我也完全信任她。真的有人给我写了本书，但我读到草稿的时候并不是特别满意，因此后来我得知没有出版社愿意出这本书的时候一点儿也不难过。我当时就觉得，写书的这种事要么得我自己来，要么就得找我完全信任的人来合作。

在此期间，有不少陌生人来找我，说话的口气就好像跟我相识已久。当时的搜救行动在这座小城牵动了无数人的心弦，对于他们来说，我从天空中坠落，完好无损地来到人间，犹如神迹一般。

"你知道的，"一位只比我大几岁的女士对我说，"印加港永远是你的家。"

我对她表示了感谢，然后想起了我在慕尼黑的家。我在那时不情不愿地离开秘鲁之后，还要多久才能找到我真正的家呢？

对我来说，最像家的地方是“洪堡之家”，在它消失后，就是潘瓜纳了。我的家居然是几间连墙都没有的印第安小棚屋，这难道不奇怪吗？但后来我明白了，具体的屋子并不重要，在我心中，我父母所在的地方就是我的家。但我母亲意外去世了，而我父亲，至少在那段时间里，是不愿意让我待在他身边的，他恨不得找一千种理由和我保持距离。

1973 年的暑假，我没有去潘瓜纳，而是去了我外婆家，施塔恩贝格湖边的斯比希豪森（Sibichhausen）。我在那里慢慢了解了我母亲的大家庭，那和我作为独生女的生活截然不同。

我的外婆非常可爱，她生性活泼，乐于交际。她喜欢热闹，在她丈夫（一位著名的妇科医生）还在世的时候，她的家里总是宾朋满座。她上了年纪之后，每年夏天都要招待许多亲戚朋友，家里总是充满生机，这让她非常高兴。她养了一条卷毛腊肠狗“安卡”，可惜我认识它没多久，它就去世了。不过我的姨妈希尔德，一名在杜塞尔多夫生活的演员，也有一条狗，名叫“阿莫”，我总是跟它一起出去玩闹。

这也是我在德国的时候常常怀念的事情，我在德国很少能待在户外，呼吸不到新鲜空气。我在秘鲁的时候，尤其是在雨林里的时候，几乎总是待在外面，我家的房子反正也没有墙，不管做什么事情，头顶上总有一片开阔的天空。在德国，我只能一直坐在屋子里。我那时候总有很多功课要做，所以没什么爱好，不做运动，也不怎么活动身体。正因如此，我才格外享受和阿莫一起出门的时间。我们有时候去某一片泥湖玩，有时候散步穿过壮美的峡谷，一直走到施塔恩贝格湖边，有时候去采蘑菇或者蓝莓，有时候去我家旁边的马场当一会儿观众。有一次，我们采到了一些长得特别好的牛肝菌，我的外婆看到之后一句话都说不出来。那天晚上，她拿给了我一幅装在画框里的画，上面用漂亮的水彩画了一朵牛肝菌。

“这个，”她对我说，“是送给你的。这幅画是你妈妈去秘鲁找你爸爸之前画的。我们那时候就跟你今天一样去采蘑菇了。晚上的时候，玛利亚说，‘妈妈，这里的这些你先别捡走，我得先照着它画幅画！’”

外婆的眼里噙着泪，很快转开了脸。我仔细观察着那幅画，画得确实非常好。我到了外婆家之后没几天，我们就去了墓地。现在看见这幅画，我才体会到我母亲的死让我外婆有多痛苦。

“你外公那时候就不愿意让她一个人去那么远的地方。但玛利亚说，‘这个男人去哪里，我就跟他去哪里。如果有必要的话，直到世界尽头我也会去。’”

外婆沉默了。我能体会到她深深地陷入了思绪之中。

“直到世界尽头……”她轻声重复道。接着她摇了摇头，把自己拉回了现实。她微笑着看向我。

“说实话，我很希望你能在我这里住下来，”她继续说道，“但我看出来了，你在基尔过得很舒服。你要从这里去文理中学，可得走好远的路呢。”

这时候我姨妈希尔德走了进来，高兴地问我们想不想一起用蘑菇烧个菜。她把我外婆附近的朋友都邀请了过来，打破了当时稍显悲伤的氛围。

这当然不是我最后一次来斯比希豪森。我很喜欢和我外婆相处，我在那片阿尔卑斯山前地区过得很开心。遇上生日会或者其他特殊的场合，我还能认识一下我的十一个表兄弟姐妹们。我有时还会满心欢喜地去我父亲的一个叔叔家做客，他们一开始住在汉诺威，后来搬去了拉尔。

我觉得有这么多亲戚是件很幸福的事情，而且他们都很热情地接待了我，把我介绍给了他们的社交圈子。有很多新鲜事等着我去体验，去探索，于是我推迟了重回潘瓜纳的计划。

时间就这么过去了。白天的时候，我为毕业考试努力学习，时不时会和新认识的同学们出去玩。夜里的时候我会做梦，梦到我仿佛装了发动机一样，在一间漆黑的房间里沿着墙飞速滑行，或者梦到一声低沉的咆哮。我知道这种声音来自涡轮机，梦中的我们正在坠入无底深渊。很长一段时间里，这种梦都像我从坠机中落下的伤疤一样紧紧跟着我。我常常感到头痛，但我完全可以接受。我有什么可抱怨的呢？毕竟其他人都死了，我犯一点儿头痛没什么大不了的。我过生日的时候，父亲送了雨林蝴蝶的标本给我。另一次他送了我一部相机，一台美能达，这让我非常高兴。我们经常通信，信的结尾往往都写着这样的请求："请快点儿给我回信！"

毕业考试前的两年飞一般地过去了。我考出了很好的成绩，我父亲也能为我感到骄傲了。作为奖励，他本人来看我了。离开秘鲁之后的第两年零六天，我再次见到了我父亲。

到了说好的时间，我们准备再去土地管理局碰碰运气。我们准备走的时候又被很多人缠住了，不得不冲相机镜头微笑了一次又一次，才能动身离开。

看，我们很幸运，所有的事情一次都办完了。就连那个在新买来的地上放牛的邻居也和我们在他的杂货店见了面，莫洛和他谈了个明白后，我们就出发回家了。

这天晚上，我们没能在天色暗下来之前回到尤亚皮奇斯村。我们乘船横渡过了帕奇特阿河，头顶是让人想要伸手摘星辰的天空。在河的对岸，莫德娜农场的下边，忠诚的扎诺已经在等着我们了。可能是因为我累了，可能是因为这天过得很顺利，可能是因为心头的诸多回忆，也可能是因为这里友好的人们带来的温暖，这天晚上，我跟在莫洛身后走过草场的时候，觉得自己轻飘飘的。我过去走这条路时的回忆和现实以及未来融在了一起。我知道，我还会再回到潘瓜纳很多次，我走出的每一步都踏在实现我父母遗愿的漫漫长路上。我也知道，我会一次又一次风雨无阻地回来，那棵吉贝树以及潘瓜纳的小屋会一直在路的尽头等着我们，我也会用我的意志永远保护这片地方，并把它留给我们的后代。

我问自己，我父亲当时最后一次走在这条路上的时候是什么感受。他曾经在这个地方过得无比幸福，后来又经历了难以言喻的孤独，被心中的悲伤所淹没。要离开这么一个地方的时候，他会觉得不舍吗？或许他当时忙于为即将到来的长途旅行做准备，认为当时的离别只是暂时的，自己很快就会回来？我不知道答案。我觉得很奇怪，也很难过，事故发生之后的那段时间是我最后一次和父亲共同在潘瓜纳生活。

重逢和  归来

1974 年 4 月 12 日，我从汉堡市福特斯比尔区的机场接到了我父亲。除了我们，当时还有其他人，因此我们的重逢显得有些拘束。我姑姑也在，还有两年前就在法兰克福接待过我的我父亲的朋友们。

我对这次重逢并没有什么具体的印象。我只记得我拜托他给我带一颗新鲜的牛油果和一颗杧果。我父亲和我们一起去了在基尔的我奶奶家，住了一两天，接着就去汉堡了。按照教职资格考核的约定，他要去那里当教授。他在那里先是住在学院的客房里，接着很快就在汉堡郊外买了一栋小小的联排别墅。

他一开始说只打算暂时待在德国，将来无论如何还会再回潘瓜纳。后来，我从利马自然历史博物馆的同事那里听说他在某一天就那么突然地消失了，甚至没跟人进行道别，等学校反应过来后，把他在大学的职位交给了一位比他年轻一些的同事。我现在才得知，我父亲那时候已经在准备把潘瓜纳改造成自然保护区了，他还从当时的农业部得到了令他充满希望的答复。早在七十年代初，潘瓜纳的面积就应该扩大到十平方千米。然而这项工作停滞不前，专家开具的鉴定意见书渐渐被埋进了越来越厚的档案之中。我父亲身在德国，没有办法继续推进，于是整件事就被搁置了下来。

我不知道我父亲为什么再也没有回过秘鲁。我的推测是，他一回到德国，就心力交瘁，没有力气再去秘鲁了。秘鲁是他和我母亲一起度过了幸福时光的地方，没有了她，一切都不一样了。那里的一草一木都让他想起她。尽管如此，在我到德国的第一年期间，他还是从潘瓜纳寄来了一封信，信里写道："我打算在 1975 年再次前往秘鲁，主要是为了潘瓜纳。不过我现在还不能打包票，但我觉得，如果我们能一起出发，再一起返程，应该会很好。"

后来他就再也没有提起过这件事，我也没有再催他。

不过他确实进行了另一场旅行，而且是一场实打实的长途旅行。几年前就在筹备的第十六届国际鸟类学大会于 1974 年 8 月 12 日到 19 日在澳大利亚堪培拉召开。这场会议历史悠久，对鸟类学者来说意义重大。从 1884 年起，相关的专业人士每四年都会相聚一堂。我推测，很可能一开始是我母亲打算去参加这场大会，毕竟她才是家里的鸟类学家。然而在她去世之后，事情就顺理成章地变成了由我父亲去澳大利亚参会，并且我也要陪他一起去。而当时的我刚收到毕业考试成绩，满心欢喜，对即将到来的旅行充满期待。1974 年 8

月5日，我和父亲一起出发了。我们乘飞机飞往悉尼，途经法兰克福、孟买和新加坡，再从悉尼继续前往堪培拉。当然，我们得先在悉尼周边以及海边的沙滩上玩上一阵子。我们和去其他地方旅游的时候一样，首先参观了动物园和植物园。

堪培拉之旅对我来说是一段丰富多彩的经历，我不仅兴高采烈地参加了大会上的一些活动，结识了很多我母亲的外国同事，还了解了这座城市有趣的各种建筑，参观了风景优美的周边地区。在那场大会上，我父亲做了一个关于秘鲁雨林里的鸟类叫声的报告。除此之外，那场旅行对他来说也完全算不上假期，与之相反，他为那段时间做了详细的研究计划。为此，我们在会议结束后又沿着东海岸一路向北，在卡德韦尔前面的欣钦布鲁克岛停了下来。我们在这个被森林覆盖着的无人小岛上扎了帐篷，住了五天，录了很多鸟类的叫声。那时候，我父亲随身带着一台“那格拉三号”录音机以及配套的反射器，那套设备是提森基金会赞助给他的，在当时看来非常先进，现在却显得非常过时笨重。他和我母亲在秘鲁的时候就是用那套设备建立起了他们的鸟类叫声资料库。我父亲认为，只有用同一台设备录出来的音频才能拿来做比较。这也是他的计划。我们系统性地在澳大利亚东北部、新几内亚，以及夏威夷雨林的诸多小岛上进行搜索，因为这些地区和潘瓜纳都有一定的相似之处。我们希望能在这些地方发现鸟类叫声中的共通点，或者排除一些不可能的假设。我父亲一向很有大局观，他不希望自己的科学研究局限在潘瓜纳地区以及那里的雨林类型上。

欣钦布鲁克岛给我留下了很深的印象，因为那位来自卡德韦尔的友好的先生在帮我们筹备岛上生活所需的设备和物资的时候，忘记了准备餐具。于是我们只能从周围捡来随处可见的椰子，用随身带着的小刀把椰子壳削成简陋的勺子。我父亲一直都很擅长随机应变。除此之外，我还在第一天就坐在了我的眼镜上，压碎了一块镜片。更糟糕的是，那些天一直下着倾盆大雨，我们的帐篷也不够厚，而且蚊子还很喜欢我们。

我们总共在澳大利亚待了一个月，然后去了新几内亚，在那里又待了四周，不知疲倦地录了很多鸟类的叫声，还收集了其他资料。我们一路走到了斐济岛，又继续前往夏威夷。我们在路上从西往东跨过了日界线，因此还把同一天过了两遍。

我在风景优美的考爱岛上度过了我的二十岁生日。让我很惊喜的是，我父亲给我准备了一桌子礼物，还用鲜花和蜡烛做了装饰。他肯定是在夜里趁我睡着的时候从我们共同的房间里溜了出去，准备了这些东西。那个生日非常特别，我永远都不会忘记。我们乘出租车绕着小岛转了一圈，了解了整座岛的情况，然后去了一片亚热带雨林里漫步。我们两个人有共同的兴趣，一起出去很开心。也许在那几周的时间里，我父亲或多或少想起了从前和我母亲一起旅行的感觉。

共同度过的那段时间拉近了我们之间的距离。出去旅行的时候很能看得出两个人是不是合得来，我们相处得非常愉快。

10月中旬，我们降落在了法兰克福，从此我的人生又即将进入一个全新阶段——大学生活。尽管我在前一年还在犹豫，要不要放弃生物而去学日耳曼文学和艺术，但我最终还是决定坚持从童年开始就一直怀有的梦想：像我父母一样成为一名动物学家。我父亲对此感到非常高兴，希望我能把他和我母亲的工作继续做下去。我确实一心只想再次回到潘瓜纳。我在那趟旅行中重新意识到了我对生物的爱，对大自然无尽多样性的好奇和惊讶，从我孩提时期和父母一起探索雨林的奥秘时起就一直没有改变。我很适应德国的生活，但从我踏入大学的那一刻起，我就清楚地知道，我总有一天会重新回到秘鲁，并在那里生活。

1977年，我开始着手准备我的硕士论文[1]时，遇到了第一个回秘鲁的机会。我需要一个还没有被研究过的题目。有什么比回潘瓜纳做研究更好的选择吗？

1 当时德国的学制比较特殊，高中毕业后可以直接本硕连读，只需要写一篇毕业论文 Diplomarbeit，毕业时即可获得 Diplom 学位，相当于硕士学位。

我和父亲聊了这件事，他对我的想法感到很欣慰。他依然非常重视对潘瓜纳的生物的研究。我母亲曾和他计划编写一份系统性的生态情况简介，再建立一个尽可能全面的物种目录，然而他们的计划被迫中断了。这么多年过去了，这项工作也只完成了一小部分。这片雨林地区的生物就是这么丰富多样。他特别提到，还没有人研究过食腐性蝴蝶的伪装色，但应该已经有关于它们的警戒色的研究发表了。我当时就想道：没错，这个我可以做。我父亲和其他学者已经总结了很多潘瓜纳的蝴蝶的种类，因此我也不用从头开始。这种生物相比于其他生物更容易观察，吸引它们的办法也很简单，所以我能用一篇硕士论文的字数完成这个研究。这样一来，我们研究站的生物资源又能得到进一步的研究和开发。

这是我第一次有机会回到潘瓜纳，对此我感到非常高兴。1977年8月初，我不是独自一人，而是和其他四个大学生一起出发。我们的小组构成也很丰富。和我同行的有我父亲负责指导的一个硕士研究生和她的丈夫，他们两个对爬行动物和两栖动物很感兴趣。除此之外还有安德亚斯，他那时是我父亲的博士生，现在作为两栖爬行动物学家在斯图加特自然博物馆工作。他的博士论文研究的是潘瓜纳的一片雨林池沼中的蛙类物种群落，他在潘瓜纳待了大概一年时间。最后还有一位女大学生，她想了解亚马孙雨林里的生物，同时也想和安德亚斯做伴。

我们到利马的时候，又有一大群记者等着我。我几乎不敢相信，毕竟我已经离开了五年多，以为秘鲁的人们早就忘记了我。总有人想要采访我，这让我感觉很烦。因此，当我和我的同伴动身前往雨林的时候，我觉得很开心。在那里，我才能安心工作。

我再次看到潘瓜纳的时候觉得幸福极了。我们那时候还能住在我和父母一起生活过的老房子里，可惜现在这座房子已经不存在了。这座房子旁边还有一间小工作室和一间小厨房，稍微远一点儿的地方还有一间客房。这间房没有墙壁，有一面是直接通向雨林的。我们就在这个能遮风避雨的地方过夜，不过是睡在地板上。地方足够大，容得下我们所有人。那时候，莫洛和他的家人还住在尤亚皮奇斯河下游对岸的“黄松”农场，它在秘鲁的亚马孙地区，那里的人们管畜牧业叫“方多”。后来，他在潘瓜纳的土地上建了那座正对着现在的客房的房子。

我一共在秘鲁待了三个月，其中有一个月是在潘瓜纳度过的。我在那里用不同类型的诱饵捉到了很多蝴蝶，并给它们拍了照。那时候房子附近以及雨林边缘有很多鼠类，尤其是棘(jí)鼠。我在莫洛的帮助下抓了一些棘鼠，如果它们被宰掉了，我也能分到一点儿肉。我把这些和拳头差不多大的肉块挂在外面，用来吸引蝴蝶。这种诱饵开始腐烂的时候最受蝴蝶欢迎，尤其是漂亮的闪蝶和神秘的、手掌般大小的、翅膀下面有眼睛图案的夜蛾。有些种类的蝴蝶还喜欢发酵的水果、果汁或者是粪便。我在我们简陋的旱厕上见到并捉到的蝴蝶是最漂亮的。有一天晚上，我在那里不幸被一只四厘米长的子弹蚁咬到了大腿。这种蚂蚁是世界上最大的蚂蚁之一，咬人非常疼，被咬的地方好几天都还有痛感。因此这种蚂蚁也叫“二十四小时”，被它咬一下的话，起码要受一天的苦。

一开始的时候，我放的肉诱饵莫名其妙地消失了，后来我发现它们是被乌龟、犰狳(qiú yú)和其他动物吃掉了。对于乌龟来说，腐烂的肉是货真价实的美味。我有什么解决方法呢？我把肉块包进了金属丝网，然后把它们绑在树上或者柱子上。这样一来，虽然乌龟们的盛宴被迫结束了，但我能更好地观察“我的”蝴蝶们了。那时候，我在河岸边上见到了大群如云般的美丽的蝴蝶，有黄色的、白色的，还有橙色的，有些落在貘(mò)的粪便和尿液上，有些坐在被剥下来的巴拉圭凯门鳄皮上。我每次都会被这种美景所震撼。

我至今还记得，我和我父亲的硕士生在雨林里曾被一群非常小的蜱(pí)虫袭击过。我们不小心碰到了一片灌木丛，而这些小东西正好待在那里，于是它们就直接朝我们扑来了。这时候做什么都没用了。我们飞奔回家，把衣服从身上扯了下来，用镊子帮对方夹走身上的小虫子，然后用烛火烧掉它们。

有一次，这位研究生和她丈夫追着一条鳄鱼，想要给它拍照。然而她对她丈夫抓着鳄鱼的手很不满意，认为他的手不应该出现在照片里。因此，她丈夫松开了那条大概八十厘米长的鳄鱼的嘴和尾巴，只抓住了它的两条腿。于是他的胳膊被鳄鱼狠狠地咬了，好在伤口没有感染。

那时候，潘瓜纳的房子附近有很多蛇。有一次，我们的一个邻居被矛头蝮咬了，这位研究生给他打了很多抗蛇毒血清，以至于出现了一个巨大的肿包。有可能没必要这么做，但安全更重要。不过用血清的时候还是应该谨慎一些，因为对于过敏的人来说，血清可能会导致过敏性休克，严重的可能会致死。

那几年的尤亚皮奇斯还算不上一个真正的村子，它只是帕奇特阿河的河谷斜坡上的一片小棚屋。工作日的时候，那片地方在黄昏之后就已经寂静无声，但到了周六，人们会在那里跳舞、吃饭，庆祝节日。我们很喜欢这时候到那里去。这种经历非常有意思，可惜时间总是过得太快。我们几个年轻女孩是当地人口中的“欧洲妞儿”，自然非常引人注意，在村里总有大群的男人围着我们。

我在利马的时候就住在我的朋友伊迪斯的父母家。他们在花园里加盖了一间一层的小房子，里面有间带浴室的房间一直为我空着，这让我非常感动。我在秘鲁的时候，还受邀在利马参加了一场特殊的活动，那就是里卡多·帕尔马大学的毕业典礼。为了纪念我母亲，那一届的生物学毕业生被称作“76B 玛利亚·科普克班”，我作为嘉宾被邀请到场，顺理成章地又要面对媒体。不断有人邀请我做采访，报纸也对我在秘鲁的旅程做了详细的跟踪报道和评论。尤其是当我往返于利马和潘瓜纳的路上经过普卡尔帕的时候，我的过去又追上了我。当地电台的领导是我父母的朋友，因此当他邀请我给节目说欢迎词或者做其他类似事情的时候，我也不好拒绝。

我趁这个机会去亚里纳科查拜访了那些友好的传教士，当时我在获救之后在他们那里休息了一段时间。这次我又收获了一段难忘的经历。

有一个语言学家邀请我去他家里。那天晚上我们过得非常愉快，我和这些人在一起依然觉得很安心。其中有一位女士，她看起来和我在这里认识的其他人没什么不同，却引起了我的注意，因为她一直反反复复地问我："你过得好吗，朱莉安？我是说，真的好吗？"

"是的呀，"我这么回答道，开始变得有点儿不耐烦了，"没错，我过得很好！"我不明白为什么这位女士一直要坚持问我这个问题。

我离开的时候，她开车送我回了酒店。告别的时候，她往我手里塞了一封信。

"这封信你等回到房间了再看，"她对我说，"你也不一定要回信。"

我很惊讶。我无法想象这位女士给我写了什么东西，但依然遵守了对她的承诺。当天晚上我在房间里读了那封信。

她是1971年12月24日那天站在我们前面等着检票的其中一个年轻人的母亲。我和她的儿子在登上秘鲁国航的那架飞机之前还说笑了一番。那个年轻人和其他人一样，也不幸遇难了。她在信里写道，很长一段时间里，她都在跟她信仰的神抱怨，为什么幸存下来的是我而不是她的儿子。她和亚里纳科查传教士团的其他人一样，用了一生的时间去传播基督教，但却被这个问题拖入了深渊，直到她终于和这样的命运和解。

那天夜里我迟迟不能入睡。在基尔风平浪静地生活了这么多年之后，我的过去又一次追上了我。为什么死的是他而不是我呢？为什么我母亲死了，而我活了下来？前不久，在自然历史博物馆，有一个跟我母亲关系很好的前同事眼里含着泪告诉我："那时候，当我们听到坠机的消息时，都说，'如果有一个人活了下来，那一定是博士女士，因为她知道在雨林里该怎么做。'唉，后来活下来的是她女儿。"我知道，她说这些话完全没有恶意，但她眼中的泪水，以及那声沮丧的叹息，都让我想起了我那时候对父亲怀有的那种感情。我觉得像有什么地方搞错了，本来不应该活下来的人却活了下来。从那场灾难中幸存下来的应该是我母亲，或者是那个年轻人。总之，不应该是我。

我那时候二十三岁。那场事故已经是六年前的事情了。我很高兴能故地重游，但我也头一次开始意识到，我父亲那时候送我去德国也许是有道理的。我在德国可以和那场灾难保持一定的距离，而在秘鲁，到处都有人让我再次想起它。然而我还是会一次又一次地回到雨林，一生都是如此。在我的内心深处，我早知道这一点了。

回到基尔之后，我对我的调查进行了分析。我在写硕士论文的时候获得了很多乐趣，顺利地完成了学业。毫无疑问，我还要继续读博士——这也是一个去潘瓜纳的好机会。尽管我还不知道我这次想要研究什么，但对我来说潘瓜纳就是最好的研究区。虽然那里留下了一段悲伤的回忆，但我还是一直被它吸引着。

这些年里，除了我之外，还有其他人去过我父母在尤亚皮奇斯河边建立的这个研究站。我父亲总安排他的硕士生和博士生到我们的雨林研究站去研究课题。其他的学者像之前一样，在征得我父亲的同意之后在那里继续完善他们的研究，或者开展新的题目。有必要的时候，莫洛会到现场去照顾那些来访的客人。我父亲则在远处掌握着这一小片土地的命运，他在汉堡安顿下来之后，就再也没有离开那里，这出乎所有人的意料。不过，他去了各种地方旅行，他不在的时候我就负责照料他在汉堡的联排小别墅。他虽然去过那么多地方，但再也没有去过秘鲁。

我则很高兴又能再一次去到那里。我以题为《秘鲁热带雨林中不同种类食腐性蝴蝶伪装色的图案特征》的论文完成了我的硕士学位，毕业后，我和几个朋友一起在我出生的这个国家旅行了整整四个月，经历了很多惊险的事。其中，穿过安第斯山的一段旅程格外刺激。在一片荒凉的地区，一辆乌尼莫克[1]朝我们开过来，车上有位乘客的头上裹着一块手帕。我们停了下来，然后我看到那块手帕上浸满了血。他们说他们是德国人，夜里的时候被袭击了。当时他们在一片矿厂附近，半夜突然有人敲他们的车。他们一开始不愿意打开车门，但接着一阵机枪扫射在了他们车上。一颗子弹击中了那个裹手帕的男人，直穿过他的脖子，虽然没伤到静脉和咽喉，却让他血流如注。尽管受了伤，他还是立刻扑在了方向盘上，在枪林弹雨中把车开走了。

我们当时并不知道发动攻击的是什么人，直到后来才知道是阿维马埃尔·古斯曼·雷诺索领导的恐怖主义运动，也就是所谓的“光辉道路”。这场运动声势日益浩大，让秘鲁在那些年里变得不适合旅行。那时候我们面临的问题是：如何从正在发生袭击的地区穿行过去。我清楚地记得我们路过廷戈玛丽亚前往普卡尔帕的时候有多紧张，那段路很危险，而且当时天也黑了。司机说：“如果车现在坏掉了，我们就得靠上帝保佑了。”那时候到处都有警告，让人们

1 一种军民两用越野车。

务必不要开车穿过那片人迹罕至的地区，尤其是在夜间。幸运的是，我们的车很给面子，坚持了下来。我们安全地穿过了危险的地带，担心的事情都没有发生。

那段时间的秘鲁很不太平。1980 年，在军事独裁结束之后，秘鲁政府计划进行选举，阿维马埃尔·古斯曼则在这时宣布发动对政府的武装战争。年初的时候，他的支持者在运动起源地阿亚库乔附近的一个小村庄里烧毁了选举用的投票箱，接着又发生了针对警察站和其他村子的袭击事件。1982 年底，政府宣布阿亚库乔省进入紧急状态，并派来了军队驻扎在当地。接下来发生的事件的惨烈程度在整个拉美地区都前所未闻。运动的领袖，也就是支持者口中的贡萨罗主席，或者叫“世界革命的第四把剑”，要求得到绝对的顺从。他和他的支持者们完全不在乎当地的习俗，以及财产权和人权。如果农民们没准备好支持他们的运动，等待他们的就是血腥的仇杀。可如果农民们被逼无奈选择了支持他们，就会受到政府军的惩罚。这样的局面持续了整整四年。

我们在旅途中只受到了轻微的影响，因为这场运动一开始的时候传播得还很慢，不过却一直没有停下来。偏僻的路段上一直都有袭击事件，我父母在五十年代末的一次旅行中就遇到过一场几乎致命的意外。那时候我刚刚三岁，在利马由我姑姑和奶奶照顾着。他们的那场意外和政治没什么关系，而是因为一种在安第斯山上的民众之中广为流传的迷信。那时候我父母两个人背着背包在安第斯山里旅行，途中在一个偏僻的地方扎下了帐篷。通常来说这不会有什么问题。某天，他们去到了一个村子，那里看起来没人讲西班牙语，之前也没有欧洲人去过。男人们都在田里干活，村子里待着的只有女人。她们认为我父母是皮什塔克——一种民间迷信中的超自然恶鬼。传说中它们以人形出现，头发是浅金色的，身后背着背包，它们去村子里是为了在夜里偷偷杀人，然后吸干他们身上的脂肪。那个偏僻的小村里的女人们看见我父母的时候被吓坏了，以为他们就是这种东西。她们装作不动声色，把我父母请到学校的一间屋子里，然后把他们关了起来。晚上，男人们回来了，提着锄头和砍刀，准备杀掉我父母。

好在村子里有一位女教师，她在利马上过大学，清楚地知道我父母不是皮什塔克，而且也没有什么邪恶的计划。她费尽力气才说服了这些居民，让他们放我父母一条生路。最后我父母被允许在校舍里过夜，第二天一早就在人们怀疑的目光下飞快地逃离了村子。

前不久，莫洛还跟我坦白说，一直到最近，潘瓜纳周围还有一些人认为我们和前来拜访的学者们是皮什塔克。为了完全消除这种误解，他建议我去当地的广播电台“帕奇特阿之声”出一期节目，详细地解释一下潘瓜纳是什么，我们有什么目标。于是我写了一篇文章交给电台，他们一连好几周都在广播中反复朗读。这样一来，人们对我们做的事情有了更多了解。从那之后，周围的人们渐渐地知道了我们在做什么。他们年轻时对保护雨林这一举措相当怀疑，认为雨林基本上只是资源供应商的莫洛现在也变成了雨林保护事业的最佳支持者。周围村子里学校的学生会定期来参观，莫洛也会怀着极大的热情带着他们在雨林里游览，认真地给那些孩子们介绍动植物的特殊之处，以及告诉他们这些生物对于人类和国家的重要性。

1980 年 11 月，我回到基尔，得知了一个悲伤的消息：和我以及姑姑一起生活了那么长时间的奶奶去世了。我回到基尔的第二天，我们给奶奶下了葬。

没过多久，我就开始计划下一段在潘瓜纳的生活了。这次我要在那里度过超过一年的时间。要想再次回到潘瓜纳，我只需要给我的博士论文找一个题目，不过它得足够令人兴奋，并且让我愿意花一生中的几年时间去研究它。

就在这时，我父亲提了一个让我很惊讶的建议。

雨林的神秘灵魂

“什么？”我有些愤怒地问道，“蝙蝠？你不是认真的吧！”

我一直希望能研究一下哺乳动物或者鸟类，但绝对不包括蝙蝠。我觉得这种夜间活动的动物像鬼魂一样，很令人讨厌。它们能有什么吸引人的地方呢？

“你可别小瞧了蝙蝠，”我父亲回应道，还微微笑了一下，“它们是一种非常奇妙的动物，甚至可能是哺乳动物中最有趣的，而且在潘瓜纳有很多蝙蝠。”我翻了个白眼。我对潘瓜纳的蝙蝠印象可太深了。光是想想夜里趴在牛身上吸它们的血的吸血蝙蝠，我都要起一身鸡皮疙瘩。有只吸血蝙蝠曾经在我睡觉的时候咬了我的大脚指头。我觉得这一点儿都不好笑。

“好吧好吧，”我父亲承认道，“它们肯定不是最可爱的动物。但是如果你研究蝙蝠的话，就会成为第一个在潘瓜纳写这个题目的人。这种生物多奇妙啊，它们是哺乳动物，会飞，它们在夜间活动，靠回声定位，它们的行为方式和生态关系也非常特殊。你还是考虑考虑吧。”

我照做了。我考虑的时间越久，越觉得我父亲的说法有道理。关于秘鲁的亚马孙地区的蝙蝠丰富多样的食性和对睡觉地方的选择，几乎还没有什么研究，在潘瓜纳更是一片空白。和其他哺乳动物相比，蝙蝠更容易被网捕到，人们也更容易在它们睡觉的地方观察它们。

我踏上了新大陆，也并没有感到后悔。我能拿来做比较的研究文献很少，它们大都来自秘鲁邻国里遥远的地方。但在德国，有哪位教授适合指导这样一篇博士论文呢？

很多人都给我推荐了一名慕尼黑的教授——恩斯特·约瑟夫·菲特考，一位南美作家。于是我去了慕尼黑，向他介绍了我的研究计划，然后他收了我做他的博士研究生。我接下来几年的人生也就有了安排：我要先在潘瓜纳至少待一年，研究这种夜间活动的小鬼，然后在慕尼黑写我的博士论文。

我在来到基尔将近九年之后，又要收拾起我在姑姑家的铺盖。我把我的东西打包装进了箱子里，将它暂时存放在了姑姑家。我打算从秘鲁回来后直接搬去慕尼黑。1981 年的夏天，我坐上了前往利马的飞机，心中充满了离愁别绪。我完成了中学的毕业考试，大学也毕业了。我计划读到博士，这样我就能自己决定，接下来的人生要做什么，在哪里生活。

我在潘瓜纳的前几周还有人做伴。米歇尔那时候是基尔大学的助理，研究的是潜叶蝇。他一个月之前就到了秘鲁，想先了解这里的风土人情。不幸的是，米歇尔是那种一直会遇到意外的倒霉蛋。他在秘鲁旅行的时候被偷了三次，坐的一辆大巴车车轴断了，在安第斯高山区的一间印第安棚屋里过夜的时候还被一只老鼠尿了一身。除此之外，他还得了痢疾，拉肚子拉得厉害，瘦了至少十五公斤。我在利马见到米歇尔的时候，他消瘦了很多，脸上长满了胡子，我几乎要认不出他了。我乘飞机继续前往尤亚皮奇斯，而他提前几天就从普卡尔帕乘船出发了，带来了我们的行李和给我们新冰箱用的油桶。为了搞来这个桶，我快被逼疯了。他需要一个完全密封的桶，但这个要求在秘鲁非常难满足。然而他还是耐着性子，最后真的找到了一个“完美的桶”，我们都非常开心。

除此之外，他还在出发前买了八个巨大的西瓜。我觉得很好笑，因为这对于两天的航程来说太夸张了。我们坐的船空间很有限，船上装着盒子、桶、箱子，还有各种各样的机器。我们必须得想办法在货物之间找个地方，不过无论怎样，绝大多数时候我们都不会感到舒服，而且船上没有任何食物。米歇尔的船在出发一天后就遇到了发动机故障，他只好跟其他乘客一起在帕奇特阿河的岸边待了几天，等着船被重新修好。这时候那些西瓜就变成了宝贝，和他同行的人也能享受一下。

在潘瓜纳的时候，他有一次从山坡上滚了下来，还有一次被一大坨鸟屎砸在了头上。他那时候正在聚精会神地研究一大块粪便上的苍蝇，没注意到它的主人就在附近，准确来说是在他头上，那是一只个头很大的船嘴鹭。好在发生的这些事情都没带来什么严重的后果，只是给他留下了一大堆好笑的倒霉经历。米歇尔还会在我们的火炉的灰烬里用锅子烤一种非常美味的面包。他和其他人一样，也被潘瓜纳巨大的物种多样性所吸引，尤其是他专攻的果蝇类。可惜他没过多久就又离开了，我则专心致志地研究我的蝙蝠们。这意味着我得适应它们的作息规律。白天的时候，我爬到空心的树里面，或者去河岸边的斜坡下面，寻找它们睡觉的地方，夜间我会去雨林里检查我的陷阱，并在合适的地方布置好新的陷阱。有一次深夜，我遇到了一只美洲豹猫。人很难遇到这种夜间活动的独行侠，我能和它打个照面，也算是很幸运了。

还有一次，我听到了一串越来越近的脚步声，觉得有比较大型的动物走向我。我一动不动地等着。接着从矮树丛里钻出了一只貘，静静地站在我面前。它显然和我一样感到很惊讶，用鼻子在我身上嗅来嗅去，可能心里也在犯嘀咕，好奇我是什么奇怪的动物。我有很长一段时间都不敢动，我知道这家伙有可能很凶，尤其是在有幼崽的时候。最后，我清了清嗓子，那只貘转过身，消失在了雨林里。还有某个晚上，我在尤亚皮奇斯过了个节，在回潘瓜纳的路上，遇到了一件更加不可思议的事。当时我的手电筒快没电了，头上还顶着一个纸箱，基本上是摸黑走路。我在一片漆黑中走偏了一小段，走到了一个通往河边的斜坡上。那时突然传来了一阵低沉的呼噜呼噜的吼声，听起来像是很大的狗发出的声音，但又不太一样。我拿着手电筒照向我身下的一条小沟，然而在昏暗的灯光下什么都没认出来。就在这时，那个低沉的咕噜声又响了起来，于是我告诉自己“是时候走了”。第二天我得知，那应该是一只美洲豹，因为人们在那个地方发现了一头被撕开了的小牛。我显然是打扰到了它进食，如果我的手电筒光线再强一点儿，我可能就照在了它的脸上。

我渐渐习惯了在夜间外出活动。黎明之前我会再出去一趟，赶在鸟儿醒来之前把捕蝙蝠用的网收起来，免得它们被缠在网上。箭毒蛙也醒得特别早，我不希望这种长着箭头形状舌头的可怜的动物把自己裹在网上。清晨的时候，离地面很近的薄雾像一块白色的布，盖在莫洛的牧场和农田上，营造出一种独特的氛围。空气湿度达到一百的时候，露水就像雨一样落在树上，空气又湿又冷，让人觉得很不舒服。

在某些特定的土壤肥沃的地方，也就是所谓的库尔帕，我也能观察到很多蝙蝠。这些地方通常是在雨林中的泉水旁边，或者是在河岸边上，土壤中含有大量的矿物质，能为很多鸟类和哺乳动物提供额外的营养。我发现的一处库尔帕附近常常有成群的蝙蝠飞去喝水。我拜托莫洛在那里给我做了一把加高的椅子，以便能更好地观察这些动物。那里也有很多蚊子，这个时候我会想起我母亲，她的自制力非常强，即使汗水流进了眼睛里也能一动不动。

有时候，在格外黑而且安静的夜里，我能听到一连串又细又高、几乎像烟一样缥缈的哨音，它们仿佛天外之物一样穿过寂静的空气。这种声音来自图彻。我从小在利马就很怕它们，阿丽达会安慰我。当我独自在雨林深处，只能靠手电筒的灯光才能勉强看见一点儿东西的时候，一听见这种很有特点的声音，即使作为成年人，我依然觉得很恐怖。怪不得在秘鲁的亚马孙地区以及在邻国的传说中，图彻这种雨林里的鬼魂只在最黑、最诡异的夜里出现。按照民间的说法，它是一个悲伤的、四处游荡的、不得安宁的灵魂。在其他的传说里，图彻却是雨林的守护者，因为它只会去找那些伤害过雨林，砍过树或者杀过动物的人。它能让人变聋、变瞎，也能让人发疯甚至杀人。实际上，图彻只是一种完全无害的小布谷鸟，人们很少能看见它们。不过，因为它们平时很安静，只在特别阴森的夜里发出叫声，所以就连我也常常被它们吓到。

在无数个黑夜里，我通过自己的亲身经历了解了很多关于蝙蝠的事情。我发现，有些种类的蝙蝠长得很难看，脸上看起来老态龙钟的，吸血蝙蝠还长着一双小眼睛和尖尖的牙齿，但也有一些蝙蝠很漂亮，长着一张像狐狸一样的脸，或者有很有趣的皮毛颜色。当我还是个小孩的时候，就给各种各样的动物喂过食，不管它们个头大小，有没有危险，长得漂亮或者难看，我都乐意摸它们。有一次，我在动物园里穿过栅栏摸了一只黑色的美洲豹，我母亲注意到的时候被吓了一大跳。

蝙蝠柔软的皮毛对我来说是一种全新的感官体验。我很喜欢抚摸它们，然而这些小东西却不怎么享受。一开始的时候它们总是咬我，不过我学会了如何把它们从所谓的“日本网”（一种特制的用来捕捉鸟类和蝙蝠的网）上取下来，并且可以尽量不碰到它们锋利的牙齿。网上还会缠住个头很大的夜行性马蜂，被它们蜇一下非常痛，有时候还会缠住想要捕食蝙蝠的鹰。有一次甚至有一只貘径直从网里穿了过去，它根本不知道会造成什么破坏！如此一来，我的日本网就没剩下多少了。蝙蝠的牙又尖又利，下颌也非常有力，能轻松咬破最厚实的手套。它们一旦咬到了东西，就不会轻易松口，而且会越咬越紧。我学会了如何抓它们并且不被咬到：我得把中指放在它们的背上，然后用食指和大拇指压住它们的两只翅膀。蝙蝠的后颈肌肉非常厚，按住后它们就没办法扭头咬下面的东西了。我曾被吸血蝙蝠咬了，那次我学到了很多东西，比如我们在电视上见到的吸血鬼形象其实是错误的。真正锋利的是它们的门齿而不是犬齿，这些尖锐的牙齿像刀一样，能轻松穿透皮肤但不会给人带来任何痛感。这是因为它们的唾液中有一种镇痛物质，还有另一种阻止血液凝结的物质，所以被它们咬的人会一直流血但不会醒来。蝙蝠们因此可以饱餐一顿。吸血蝙蝠一共有三种，其中一种是“普通的吸血鬼”，它们吸食的是各种哺乳动物的血液，另外两种则只喜欢鸟类的血。后两种蝙蝠也会钻进鸡圈，咬住鸡腿上方连接腿羽处的皮肤，尽管这里的皮肤角质化了，可在蝙蝠的尖牙利齿面前依然很柔软。吸血蝙蝠和它们不吸血的同类不一样，它们更喜欢在地面上悄悄地行走，之所以能做到这一点是因为它们能把翅膀上的皮肤收起来，把前肢的骨头当作人类的拐杖一样使用。这意味着，它们能着地行走是靠手掌根部长着的大拇指。我从来没有机会在白天观察到这些，因为吸血蝙蝠非常胆小，只在夜间最黑的时候外出活动，不过已经有非常优秀的影片记录了这些内容。

没过多久，我就对这些一开始让我觉得很讨厌的蝙蝠们着了迷。一直到今天我依然觉得它们很奇妙。这种神秘的夜行性动物身上有太多有趣的地方了。吸血蝙蝠其实是社会性很强的动物，它们生活在联系很紧密的家庭族群里，相互打理皮毛。它们的族群里还有类似托儿所的地方，在一些母蝙蝠出去寻找食物的时候，其他小蝙蝠的母亲就负责照看它们的幼崽。不过和它们相处有风险，因为吸血蝙蝠会传播狂犬病以及其他病毒性疾病。我提前在德国就打好了狂犬病疫苗，但我还得自己给自己在屁股上打第三针加强疫苗。自己给自己打针听起来非常奇怪，不过在医生给我解释过怎么做之后，我操作起来感觉也没什么特别之处。

蝙蝠发出的叫声大部分都属于超声波，人耳是听不到的。人们可以用一种特制的“蝙蝠探测器”录制它们的叫声，并学习如何分辨它们。它们还会用各种各样的叫声来彼此沟通，这类叫声可以被人类听到，而我也渐渐了解了这类声音。旱季的时候，我在河边的轻木花丛里倾听个头很大的叶口蝠的叫声，观察它们从巨大的淡黄色花萼中吸食花粉，这对我来说是非常特别的体验。其他蝙蝠则成群结队地绕着潘瓜纳不同种类的粗壮的无花果树飞来飞去。这些树结的无花果人类不能食用，但对于很多以果类为食的蝙蝠来说却是除了蚁栖树的果实之外重要的食物来源之一。我对某一种蝙蝠的社会行为印象很深，它们的雄性拥有自己的“后宫”，会唱歌跳舞，还会从前肢皮肤下的腺体里分泌出特殊气味来讨雌蝙蝠们欢心。为了这些可爱的雌蝙蝠们，雄蝙蝠们有什么事情是做不到的呢！

我最终统计出了五十二种不同的蝙蝠。到目前为止，我们知道潘瓜纳应该至少有五十三种蝙蝠，这个数量对于当时只有两平方千米大的潘瓜纳来说已经非常多了，整个欧洲也才只有二十七种蝙蝠。

我在利马机场排队等着坐飞机回德国的时候，箱子里的蝙蝠探测器被偷走了。我的箱子被塞得太满了，边上很容易裂开，小偷恰好就利用了这一点。我想那个小偷肯定不怎么喜欢这台设备，因为它只能发出一些沙沙的噪音，而且小偷本人也不可能对蝙蝠的声音有所了解。这么看来，我和那个小偷都倒了霉。

米歇尔离开之后，我很快又有了新的同伴——一名来自奥地利的博士生，名叫曼弗雷德，从我父亲那里听说了潘瓜纳。他研究的是蛙类的繁殖特点，准备在安德亚斯研究过的那片雨林池沼上工作一年。我和他的关系也很好。我们住在同一栋新建的房子里，因为我父母原来的那栋房子连同我们原来的工作室和厨房都不幸倒塌了。新房子没有墙，我们在每个朝向雨林的角落都铺了床垫，还在上面架了蚊帐，这样一来，即使是遇到从河那边来的暴风雨，我们也不会被雨水打湿。我在房子的后面给自己找了块地方，它躲在两个架子后面。后来我搬到了顶楼，住在由棕榈树叶制成的屋顶下。下雨的时候，这个地方非常舒服，伴随着头顶上有规律的雨声，我总能睡得很安稳。我通常在午夜之后，有时候大概凌晨两点钟才会走出雨林，去河里洗个澡，然后再去睡觉，不过在睡觉前我还会就着烛光读一会儿书。

曼弗雷德也在夜间工作，因为池塘边的绝大多数青蛙都是夜行性的。我们的工作内容不同，我和他走的路也不一样。白天的时候，我们要整理在夜间观察和收集到的信息，写记录日志，收集其他资料。我不仅要捉蝙蝠，小心地把它们一个个分开并装进布袋子里，观察完后，我还要去捉到它们的地方把它们放走。我收集它们的粪便，研究它们的食物种类，还从它们的皮毛上收集虱子。蝙蝠身上的虱子是一种很特殊的寄生虫，我准备把它也写进我的博士论文。我们的日常任务还包括做饭，我必须得在上午就提前开始准备，因为在柴火上煮东西很花时间。晚上的时候，我们带着剩下的午餐去莫洛的母亲多娜·丽达家，和他们一起高高兴兴地吃晚饭。多娜是一位意志坚定、能干、真诚的女士，一直到现在，她在莫德娜家依然很有影响力。她对我们鼎力相助，热情地接待我们，我们不在潘瓜纳的时候，她还会照顾那里的客人。她和潘瓜纳紧紧地联系在一起，我直到现在还是亲切地管她叫“阿姨”。那时候她和莫洛的一些家人一起住在我们研究站的旁边，莫洛则还生活在尤亚皮奇斯河另一边的“黄松”农场上。

那时候我觉得潘瓜纳格外得美，比以往任何时候都要美。那里有很多动物，其中包括蝙蝠，不过直到现在，人们还是很少见到它们。我爱独特的象牙色月光洒满大地时的月夜，爱壮观的星空，如此美景只有在没有电灯的地方才能欣赏到。人们至今仍能看到潘瓜纳的另一大美景——明亮而宽阔的银河。在德国，由于城市夜晚的照明，我们很难看到银河的半点儿影子。

我很快就能像在白天一样在明亮的月夜里行走了，不过有一次，我差点儿遇到了灾难。当时我从雨林里巡逻回来，走出雨林的时候觉得月光很亮，就关掉了手电筒，突然有东西在我面前立了起来。那是一条矛头蝮，离我特别近，差点儿就能咬到我。我被吓成了木头人，这种本能的反应在那种情况下恰好是正确的。人必须得一动不动地站着，这样蛇就不会注意到。当时是我轻率了，我知道矛头蝮很喜欢待在同一个地方，只是在明亮的月光下没去细想这件事。等我回过神来，我慢慢地小心翼翼地退了回去，而它又悄无声息地消失在了雨林里。

那并不是我第一次和矛头蝮近距离接触。早在 1969 年，我和父母一起在雨林里生活的时候，就遇到了这种事。那时候我想捉一只青蛙养在自己的生物箱里，正当我跪在地上慢慢地绕着一棵槟榔树追它的时候，突然在眼角的余光里看见什么东西动了一下，原来是离我鼻子大概十五厘米远的地方有一条矛头蝮。当时它已经兴致勃勃地吐出了舌头，准备向我发动攻击了，差点儿就咬在了我脸上。那一咬很有可能就是致命的。

在潘瓜纳生活当然有很多不便之处，和现在比起来，那时候的生活更加艰苦。我们得在河流中用手洗我们的衣物，这在雨季做起来非常困难，因为所有东西都湿乎乎的，洗干净的衣服也会慢慢开始发霉。我和曼弗雷德的脚趾上还感染了皮肤真菌，因为我们在被雨水浸透的潮湿的雨林里几乎一直都穿着橡胶靴子。尤亚皮奇斯河还常常发洪水，河水变得很冷很泥泞，在这期间洗澡就变得很困难，有时候完全洗不了。不过我们都坚持过来了。

我和曼弗雷德很快就认识了尤亚皮奇斯的所有人，在那里过得就像在自己家一样。雨林里的人们过生日时总是很热闹，我们也会去庆祝。尤亚皮奇斯和旁边的小村子里还有一个帕查曼卡节，每次过节都声势浩大。“帕查曼卡”（Pachamanca）这个词来自克丘亚语，意思是“土锅食物”。过这个节的时候，人们会先在地上挖一个洞，在里面铺上用火加热过的石头，然后在上面堆上各种各样腌制过的肉、药草和蔬菜，接着在中间塞上香蕉叶，最后再把这个坑重新盖起来。做熟食物需要的时间跟土坑的大小有关系，通常需要一到两个小时。在所有人的参与下，土坑会被重新打开。莫洛经常参加帕查曼卡节，而且非常擅长用土锅烹饪，因此经常有人请他在重大节日上准备帕查曼卡。有一次我的生日快到了，我们决定去亚那亚奎罗村的莫洛的岳父母家给我过生日。莫洛和他的家人一起为我准备了盛大的庆典，他们做了一大份帕查曼卡，大家一直跳舞，最后跳到了第二天早上五点钟。来参加我生日会的不仅仅有尤亚皮奇斯和亚那亚奎罗的人，还有很多附近的人，那天大家喝掉了一百多箱啤酒。一个雨林航线上的飞行员正好路过看到了我们，又给我们补了些啤酒。按照传统，寿星得付饭钱和酒钱，这让我的学生账户狠狠地缩了水，但我并不在意。所有人都很开心，尤其是我。

从那时起，我就算是莫德娜家的一分子了。我从他们那里了解并学到了很多关于雨林里的居民以及他们生活方式的知识。我虽然之前已经比较熟悉他们了，而且还独自在雨林里活过了十一天，但我的知识在那段时间又得到了加深。我学会了秘鲁的烹饪方式，尤其是按原住民的风格来烹饪雨林和农田的产物。这不仅非常有趣，而且很实用，食材还比从普卡尔帕运过来的要便宜。我还是得在两地之间往返，不过我倒是很享受带着任务去城市。那时候普卡尔帕还没有摩托汽车，因此大街上还没有烦人的轰隆声。那时候的街道也还没铺沥青，到了雨季，它们就会变成滑溜溜的泥路，人走在上面动不动就会摔倒，如果不小心踩到了成团的腐烂的东西，鞋子马上就会变得非常重。在普卡尔帕的时候，我和莫洛的长姐路兹住在一起。她的丈夫在秘鲁石油公司工作，家里有一栋很漂亮的房子，甚至装了空调。后来我和我父母的朋友埃斯卡兰特姐妹住在一起，她们的兄弟是布料商，之前拥有一架能在雨林里飞行的飞机。我现在到普卡尔帕的时候依然会去拜访她们。

我通常独自去普卡尔帕，有几次还自己去过利马。我的朋友伊迪斯要结婚，我当然不能缺席。为了延长我在秘鲁的签证，我甚至还得在六个月之后去厄瓜多尔边境上的通贝斯。我从这里跨过边境，转头再进入秘鲁，在护照上盖个入境的章，就算完成了任务。我很高兴能再次回到雨林里。

一直到今天，去潘瓜纳的路依然非常难走。那时候从潘瓜纳出发去普卡尔帕，甚至是去利马都需要很多耐心和敢于冒险的勇气。那时候有很多小航空公司，其中有些还是私人的，它们经常会提供条件非常简陋的雨林航班。那时候的我在经历了坠机之后竟然还能平静地登上破破烂烂的小飞机，并且一点儿都不知道害怕，我现在回想起来觉得非常不可思议。那时候在普卡尔帕和尤亚皮奇斯村之间有一班五十分钟的航班，由一架单引擎的塞斯纳[1]执飞，而我眼睛眨都不眨一下就坐了进去。

我依然清楚地记得有一次飞回尤亚皮奇斯的时候，飞机颠簸得特别厉害，飞行员一直在胸前画十字祈求上帝保佑。在他还没降落在尤亚皮奇斯的时候，他就问了我们一小群乘客是不是必须得在那里降落，去印加港可不可以。印加港有正经的降落跑道，而在尤亚皮奇斯，飞机就只能降落在牧场的草地上。之前已经出现过塞斯纳飞机降落时撞上没来得及跑走的牛或者马的情况，因此我们的飞行员紧张得满头大汗。然而我们全都坚持要去尤亚皮奇斯，没人愿意去印加港，然后再找机会去坐船。飞行途中，有位女士双手全程紧紧抓着我的裤子，还有一个小女孩吐了一地。等到飞机终于落地，刚在草场边缘上停住的时候，飞行员已经完全受不了了。他就在原

1 一家美国的飞机制造商，以制造小型民用航空飞机为主。

地把我们赶下了飞机，告诉我们，他无论如何都不会再开了，他只想回家。我那时候忍不住笑了，然而我是所有人当中最应该感到害怕的。

另一次，我坐了一架西班牙飞机，名字叫“阿维奥卡”。这种螺旋桨飞机看起来很奇怪，机身很宽，能坐大概二十个人。我们坐在飞机里的木质长椅上，背靠着墙，中间的过道上放了几头猪。飞机还没起飞，它们就开始难受了。乘客们把两腿绑在一起的活鸡丢到敞开着的行李架上。安全带是肯定没有的。起飞之后，有一个算是售票员的人在飞机上走来走去，向我们收了机票钱，然后像在电车上一样往我们手里塞了张小票。我旁边坐着一位女士，她告诉我，“你知道吗，我宁可坐飞机也不愿意坐船，因为我不会游泳。”我觉得这种说法很有意思，因为万一出了什么意外，她也不会飞啊。我最好还是不要跟她提我经历过的事情。

我完全不明白为什么我那时候对这些事情只觉得好笑而不觉得害怕，现在却不敢轻易坐上飞机。也许人在二十几岁的时候就是比后来年纪大的时候更无惧吧。总之，我完全做好了要在局势如此紧张的秘鲁雨林里生活的心理准备。虽然我从小就学会了西班牙语，但在那段时间里我的语言水平才达到了完美，连做梦用的都是西班牙语。我对秘鲁和雨林从未中断的热爱在那时变得更深更重了。之前我总是和我父母一起，我们相处得非常和睦，和邻居的关系很友好，但和他们来往并不算密切。我那时候十四岁，正在用成长中的少年的眼光看待周围世界。我们原来做的饭也都很简单，没什么花样，和我后来从多娜·丽达那里学到的很不一样。

附近有人宰牲口的时候，我和曼弗雷德总会去帮忙。我很快就学会了怎么分解动物，怎么处理切下来的肉，以及怎么按照秘鲁的烹饪方式用不同部位的猪肉、牛肉，以及鸡、鸭和河里捕来的鱼做出美味佳肴。当地野生的棕榈树以及雨林里的其他各种各样的树会结出很多果子，多娜·丽达有时候甚至会用原住民的方式给我们做大只的牛蛙、乌龟或者甲虫的幼虫吃。我在那里学会了烹饪和熏制凯门鳄的尾巴、犰狳肉以及负鼠肉。让我很惊讶的是，尽管有袋动物闻起来臭得吓人，但它们的肉真的能吃。我还跟着她和莫洛了解了雨林里的自然药物资源，知道了不同的树液可以用来干什么。比如，人在牙疼的时候可以砍一种藤，用里面血红色的丁香油来治疗伤口。这样的例子有很多。我慢慢适应了这里的风俗，尝了很多我平时根本没机会吃到的东西。出于环保原因，我现在会坚定地拒绝其中很多道菜。那时候我觉得这些事情都奇妙极了，我想像我的邻居们一样生活，不过也有很多时候我做事单纯是出于好奇。

莫洛的母亲不仅带我了解了印第安人的饮食，还给我介绍了她的家乡波苏索山区森林里的来自德国的美食。有用香蕉和葡萄干做馅儿的面包卷，有“奈代尔斯汤”（Sopa de Knédales）——一种用木薯、玉米和其他可用的食材做成的圆子汤。不过只有在莫洛的姐妹们从利马来拜访他们的时候，多娜·丽达才会特地花时间做这些菜。雨林里特殊的节日包括圣诞节、复活节还有约翰内斯节[1]，西班牙语叫“圣胡安日”，也就是6月24日那天。雨林里还有庆祝至日的传统，每个知道操心的主妇都会准备姜黄米、炖好的鸡块、黑橄榄和煮熟的鸡蛋，把它们混在一起，装进香蕉叶做成的小袋子里，做成“胡安内斯”。这是一种很有特色的雨林食物，生活在海边的人们压根都没听说过。我觉得用木炭炉或者用篝火做饭简单得多，不过回到德国后，我不得不又开始重新适应用电灶做饭。

我清楚地记得，我的博士导师菲特考教授在两名德国同事的陪伴下到潘瓜纳看望了我。这件事让我很兴奋，而且它对我也非常重要，因为我在那时下定了决心，不仅要用我收集到的丰富材料完成我的博士论文，而且还要花一生时间来做研究。菲特考教授不仅帮我改小了题目研究范围，让我的研究更加精确，还在生火的时候帮了很大的忙。有时候木柴湿乎乎的，很难点着，这时候菲特考教授展现出了惊人的毅力。他站在呛人的浓烟里，毫无怨言地用一个锅盖往微弱的火苗上扇风，让火慢慢变大。除此之外，他还做了很多令我钦佩的事：为了去小溪里找他研究的摇蚊幼虫，他顶着瓢泼大雨毫

1 基督教节日，庆祝施洗约翰的诞生。

不犹豫地走进了雨林里；为了养出一棵仙人掌树，他在家收集并培育了很多仙人掌；过河或者池塘的时候，也不害怕爬上危险的腐烂树干。他和我父母有一个共同点，那就是下定决心做一件事后就会一直坚持下去。旅行的时候，你可以无条件地信任他。

恩斯特·约瑟夫·菲特考除了是大学教授，还是位于慕尼黑的国家动物标本收集研究所的所长。几个月后，有一些来自研究所的学者拜访了我们。除了他们，就只有一群英国记者找来过。这群记者毫无预兆地出现在我们面前，待了整整一周，问了我很多烦人的问题。我在那里的一整年，总的来说过得很平静。我很享受跟当地人打交道，尤其喜欢和莫洛一家人来往。我不知不觉地学会了雨林里的西班牙语歌谣。因此，海边的人会跟我开玩笑，有时候还叫我“查皮塔”，这个亲切的口语词的意思是“亚马孙雨林里的原住民小女孩儿”。

这段时光对我来说非常美好。我有时候想起这几个月，心里会涌上一种淡淡的忧伤。直到今天，它们都是我人生中最幸福的一段经历。

我对雨林生灵的敬畏之情是在准备博士论文期间才真正滋生的。之前的我对一切都很感兴趣，觉得它们很新奇、很美好，但我那时才意识到，我并没有真正进入这个世界。在我还没长大的时候，我就欣赏、享受过雨林的一切，但我那时候只是个观察者、我父母的小跟班。我一直陪着他们，没有主动做过什么事。直到写博士论文的时候，我才全身心地投入到了对潘瓜纳的研究中。我在那时才找到了时间去思考雨林本身和它的内在结构，然后我渐渐发现，这片绿色的世界终于向我敞开了心扉，它允许我去探索它的奥秘。事情确实如此。人们第一次见到雨林的时候，觉得自己什么都看不到，只觉得自己身边有无数的绿色植物，而动物们完美地融入了环境里，很难被人看到。有种和指甲盖一样大小的青蛙，它们喜欢坐在和自己身体颜色几乎一模一样的树叶上，人如果盯着这片树叶看的话，也可能发现不了它们的存在。很多蝗虫、椿象和蜘蛛，看起来仿佛和树皮或者枝丫融为了一体。树枝上一动不动的蛇很容易就被当作是树枝，又或者是它们也能完美地“消失”在地面上的落叶里。不了解雨林的人，根本看不到这些。但如果走进了这个世界，人似乎就能渐渐拥有一种新的视觉。你会觉得像是眼前的布被掀开了一样，突然发现自己身边有成百上千种生物。这种满足感的的确确能令人倾倒。

我现在知道了，我父母，尤其是我母亲，可能也有这种强烈的感受。我能用所有感官来感受雨林，体会动物和植物世界的无限多样性，想象生物对环境精巧的适应，觉察大自然中细微的色彩变化，感受有时候像外套一样包裹着我的、至今依然让我牵挂的各种声音，和雨林中的气味、昏暗的黄绿色光线，以及温暖又潮湿的空气。我觉得自己好像变成了一个巨大的、包罗万象的生命体的一部分，对一切都那么熟悉，可对新事物依然充满好奇。这种不断能发现新事物的可能性，正是我们科学家们对热带雨林的生物感到惊奇的原因。尤其是在潘瓜纳，我们已经在这里做了四十年研究，依然有很多未解之谜。

在我一年半的研究生活中，这个当年帮助我在事故之后重新回到人类生活中的雨林的神秘灵魂终于出现在了我眼前。直到那时，我才真的明白，我在坠机之后的那些绝望而孤独的夜里为自己的人生做出的决定。那时我告诉自己，如果我能活下来，接下来的人生里一定要做一件有意义的事，为大自然和人类做出贡献。当我变成了一个岁数还不算大的成年人之后，我又回到了这个研究站，在没有我父母的情况下独自完成了自己的研究任务。这时，一切都水到渠成了。我一生的事业有一个名字，它叫“潘瓜纳”。

明了的 未来

1983年2月，我在离开德国一年半之后，又回去了。这中间的大部分时间我都是在雨林里度过的。这一段时间对我来说意义非凡。我在长大之后重新又回到了在我人生中发生过巨大转折的地方。我独立进行了研究工作，用自己特有的、充满感情的方式探索了亚马孙雨林的生物世界。十多年前，我在雨林里奇迹般地赢下了生存之战，并活了下来，在那段时间里，我和雨林的牵绊变得更深了。我在坠机后的十一天长途跋涉中就隐约意识到了，我的人生将会和雨林奇妙地联结在一起，而在我研究蝙蝠的那十八个月里，这个念头变成了一种明确的、成熟的想法，推动着我去钻研雨林的奥秘。

我到了德国之后首先得搬家，然后开始一段新的人生历程。我在基尔的时光结束了。我把自己的家当装进箱子里，带着它们以及我新收集来的经验搬到了慕尼黑，也就是我博士导师授课的地方。一开始我住在斯比希豪森的外婆家，我之前在假期里已经在那里住过很多次了。然而从那里到慕尼黑市区的路程实在太远了，于是我很快又给自己在纽豪森区找了一套房子。

我在慕尼黑大学修读了一些申请博士学位必需的课程，同时还兼职在国家动物标本收集研究所工作，对我在潘瓜纳收集到的丰富资料进行了分析。

我在所里认识了很多同事，其中有一位特别有魅力，让我很喜欢。他研究的是寄生性的姬蜂，在我需要他的时候总能帮上忙，而且特别好的一点是：他总能让我笑。他经常请我去吃饭，我们有很多共同点，在我们两个都还没缓过神来，发现已经爱上了对方。

在我回到德国的那年，我发现自己还得再回潘瓜纳一趟，完善一下我的观察记录。1984 年的那个夏天，埃里希给我往秘鲁写了很多封优美的信。我在 9 月份赶着大学的课程开始之前回到了慕尼黑。我们见得更频繁了，我在研究所工作的时候甚至每天都会和他见面。

又过了三年，我完成了题为《秘鲁低地热带雨林的一个蝙蝠种群的生态位研究》的博士论文，也通过了博士学位的笔试。巧合的是，动物标本收集研究所的图书馆馆长的位子正好空了出来，而我对这个职位很感兴趣，也符合招聘要求，于是就去应聘了。我对书的感情无可取代，因此我至今还在这个独一无二的动物学专业图书馆里工作。这个图书馆是欧洲范围内同类图书馆中最大的，在为潘瓜纳热情工作之余，我能在这里找到一种完美的平衡。

1989 年，我和埃里希在奥夫基兴结了婚，据说我母亲就埋在这个地方。我丈夫从一开始就对秘鲁，尤其是对潘瓜纳很感兴趣，然而他一直没有机会去。偏偏在那段时间里，去秘鲁旅行非常艰难，几乎是不可能的事。那几年间，我在 1980 年就遇到过的“光辉道路”恐怖运动把秘鲁变成了一个充满混乱和暴力的地方。尽管在利马的生活还算安全，但去内陆旅行绝对是不可取的。很多当地人，甚至还有外国的游客和学者，都被残忍地杀死了。

如果没有莫洛为了保护潘瓜纳做出的惊人努力，我们的研究站在那几年就会不在了。他和我完全一样，把潘瓜纳当成是我父母托付给他的财产，他对它有很强的责任感，想要保护我父母很多年来的工作成果。他在征得我父亲的同意后，搬到了潘瓜纳，这样他就能在我父亲授权给来潘瓜纳拜访和工作的学者们需要他的时候，更好地帮助他们。我父亲回到德国之后，一直和莫洛保持着联系，写信交给他各种各样的任务，并付薪水给他。然而在接下来的日子里，秘鲁的人们和潘瓜纳都不好过。

“光辉道路”运动本身没有蔓延到尤亚皮奇斯，然而之前提过的另一场运动，也就是得名于那位死于西班牙殖民者手下的印加帝国王位继承者的“图帕克 · 阿马鲁革命运动”，已经发展到了这片地区。尽管这场运动坚定地和“光辉道路”划清了界限，声称自己的目标是维护当地原住民的权利，但是他们在血洗阿沙尼卡 - 印第安人的部落的时候也毫不手软。按照他们的说法，这些印第安人背叛了他们的事业，而潘瓜纳位于阿沙尼卡人一直生活的地区里，因此也受到了这些运动的影响。“图帕克 · 阿马鲁运动”的成员向安第斯山东边的雨林居民征收税赋，还威胁印加港和周围其他雨林小城里的很多人。他们的代表在尤亚皮奇斯驻扎了一年半，给当地人带来了很多麻烦，死伤的情况时有发生。在这段艰难的时期里，莫洛依然保护着潘瓜纳地区，没有让它被外人吞并。我为此对他和他的家人永远充满感激。

我在秘鲁准备我的博士论文的时候，也去了几趟利马，想重新拾起我父亲申请在潘瓜纳建立自然保护区的工作，然而没有取得什么成果。我那时候取得的唯一进展就是在当地有关部门拿到了土地的优先购买权。虽然我父母那时候没留下官方的文件，但是这些土地都是按照合法程序从原主人那里买来的。实际上，整个地区都没有人能用正式文件证明自己拥有这里的土地。后来，所有的土地突然就全部属于国家了，只有进行农业活动的人才能购买。

我跟莫洛也考虑过，要不要在次生雨林里拿一小片地方来种可可豆，不过好在事情没走到这一步。八十年代末的时候，潘瓜纳整片地区都被分成了小块，国家的测量工程师重新划定了土地范围。我那时候没办法来秘鲁，“光辉道路”给旅行带来了太多风险，而且我当时也正忙着写论文。我们要怎么做才能保住潘瓜纳呢？

在这个危急关头，莫洛的妻子内利主动提出，可以暂时把潘瓜纳土地的所有权转让给她，这样就能让潘瓜纳免受威胁。周围有些人已经盯上了这片森林，他们知道潘瓜纳拥有多少珍贵的木材资源。我的朋友们坚定地保卫着这些宝贵的树，尤其是那棵美丽的吉贝树，一步也不愿退让。莫洛的一个邻居不理解莫洛为什么要那么努力地替十万八千里之外的德国人守卫雨林，问他为什么不把值钱的木头砍下来卖掉，然后在地上养牲口，莫洛为此还跟他起过争执。在那段时间里，莫洛也理解了潘瓜纳的意义。现在回头看去，有一件事是很确定的：如果没有莫洛和他的一家人，潘瓜纳早就不复存在了。

一晃很多年过去了，我和我丈夫也一直没有机会去秘鲁，于是就在慕尼黑安顿了下来。我们去意大利、希腊和西班牙度假。我之前几乎没有经历过这种事，可以说我现在才开始探索欧洲，而且非常享受。那段时间，我和媒体离得越来越远，也不接受采访，不用再一遍一遍地讲我坠机的故事。我经常毫无预兆地思念我的故乡，然而我又总是在拖延去的时间。我过得很幸福。我终于有了自己的家，它和我曾经在雨林里的那个家截然不同，只有天台上满满当当的植物时不时让我想起我心中隐藏着的向往。有一次，一个波兰工人去屋顶修东西，被上面茂盛的植被惊到了，他跟管家汇报了这件事。管家很体贴地告诉我丈夫："我知道，你的老婆经历过坠机，需要雨林。"

到头来，是沃纳·赫尔佐格的那通电话，让我在十四年后再次回到雨林，回到潘瓜纳。这场旅行对我理解那场事故有什么作用，我前面已经写过了。另外一个同样重要的方面是，我终于又能再次看到潘瓜纳、莫洛以及他的家人。我清楚地意识到，是时候亲自承担起对这个研究站、雨林以及雨林里的居民的责任了。一直到那个时候，这些事基本上都还是我父亲在负责，当时他已经八十四岁高龄了。他一直关心着各种事务，坚持给莫洛写详细的信，而且一如既往地称呼他为"先生"，最后的一次称呼用了"亲爱的朋友"。除此之外，如果有大学生或者博士生对潘瓜纳相关的题目感兴趣，他也会指导他们。此外，他还要整理和分析他在秘鲁时的研究成果。他在退休之后，依然每周都会去汉堡的动物研究中心看看，他为那里的爬行动物部门做出了很多贡献。

他依然有很多计划，除了要写他在我十几岁时就提过的一本讲人类生命形态的书，他还着手开始写自传。他只写完了前几章，未完成的手稿刚好停在了他动身去秘鲁的地方。在他忙于各种工作的时候，突然遇上了一场意外的重病，最后在2000年去世了。

在那之后，我下定决心接过我父母的遗产，把早就开始了的那些研究继续推进下去。我丈夫始终都支持我，这对我的帮助非常大。

在和沃纳·赫尔佐格一起拍那部纪录片的时候，他第一次来到了这个对我的人生有着重大影响、帮助我在坠机后活了下来的地方。那时候他也爱上了这块地方。

我们的第一步是把莫洛正式任命为潘瓜纳的管理员以及我在当地的代表，并签了书面文件。这样一来，他在邻居们和政府部门面前的身份就不一样了，能比这么多年以来没有正式职务的时候更好地代表潘瓜纳。对于很多当地人来说，我父母希望能在不过分利用雨林的前提下对它进行研究的这一理念，依然很陌生。不过随着时间的推移，莫洛的努力取得了成效。在过去的三十年间，秘鲁人的思想也发生了变化。学校如今开设了环境教育课，在这个主题下，不断有教师带着学生来拜访我们。人们也渐渐意识到，砍伐雨林，然后在草地上养殖牲口，并不是什么好主意，因为这块土地根本就不适合发展畜牧业。一些关于植树造林的项目以及专门的环保部门的存在，也可以确保雨林不会被全部摧毁。

尤亚皮奇斯的地方议会代表也来拜访了我们，想在现场了解我们的工作内容。他们很喜欢这里，也得知了莫洛在其中的贡献。莫洛也证明了他作为雨林向导的杰出能力。他从小就认识各种动植物，后来也逐渐接受了保护环境的理念。他能充满热情地、引人入胜地向孩子们介绍雨林，我第一次听到这件事的时候特别高兴。这也慢慢地变成了一项传统：每次有科学家来参观，或者是学校派学生们来学习的时候，他都会向他们介绍人们在潘瓜纳做的工作。

人们的理解和邻居的接受对我们的工作来说至关重要。如果我们把潘瓜纳打造成了一小片人间净土，周围的雨林却被毁了，又有什么意义呢？

我们很早就知道，为了保证事情不往坏的方向发展下去，就得在秘鲁和欧洲找到官方支持。我们需要利用远超过我私人能力范围的手段。我在农业部看到了那些封存已久的文件的时候，就更加确定了这一点。那些文件是我父亲早在七十年代就为了这个目标而提交的。

鉴定意见书中有一个重要论点是：潘瓜纳面积太小，不适合建成自然保护区。这意味着我们必须收购土地，扩大它的面积，从而拓展我们的研究站。我们为此得花很多钱，多到我靠自己没办法筹集出来。我们似乎被难住了。

这时候，就像我人生中经常发生的那样，突然出现了一个很好的机会。我和我同事恩斯特-格哈德·伯迈斯特教授一起在慕尼黑的大学报——《阿维索资讯报》上发表了一篇关于潘瓜纳的文章，这篇文章引起了玛格丽莎和齐格弗里德·斯托克夫妻的注意。他们是德国最大的手工环保烘焙公司——皇家烘焙坊的老板。没过多久，我们去动物标本收集研究所参加了艺术家丽塔·米尔鲍尔的个展开幕式。丽塔经常为皇家面包坊制作艺术明信片，也去过潘瓜纳写生。

巧合的是，我们在那里遇到了齐格弗里德·斯托克本人。他告诉我，他在读我的那篇文章时一时兴起，于是就决定要参与进来。

我们花了不少时间才建立起现在这样紧密而愉快的合作关系。我们先相互了解，然后斯托克夫妇又认真衡量了赞助潘瓜纳的利弊。最后，我的梦想成真了。齐格弗里德和玛格丽莎·斯托克在2008年决定，买下一些受到焚林开垦威胁的土地，以此支持潘瓜纳的发展，并对研究站的扩建工作进行长期赞助。

我们的合作可以说是天作之合。斯托克夫妻和我父母一样，都有敢为人先的精神。在一般人眼中，在七十年代初建立一家奉行环保思想的烘焙公司是一件很冒险的事情。他们在经营企业时坚持可持续发展理念，按照环保方式种植制作面包需要用到的原料，不使用任何人工合成的添加剂。这种做法远远超前于时代。我父亲也是如此，在公众还不知道“生态”是什么的时候，他就已经在思考环境中的生态联系了。在斯托克夫妻决定资助潘瓜纳之后，我们的工作终于迈出了关键一步。

秘鲁的环保政策也变好了一些。之前，环境保护只是农业部分管的一项事务，而在2009年，秘鲁成立了新的环保部。在这样的结构调整之后，私人拥有的小块土地也可以被纳入自然保护工作中。这也意味着我又得从头开始（我已经向之前的环保处交了一份申请），但我知道，重新再认真地做一遍这些工作是值得的。有了资金赞助，我们把一直以来只有大概 186 公顷[1]的潘瓜纳扩大到了 700 公顷。我们重新请了人测量，希望能尽快把潘瓜纳改造成一个私人自然保护区。这样一来，我们为了保护这片土地做出的努力就能得到正式的认可，我们在周围的居民以及政府部门面前也就有了新的形象，能得到更多的尊重。不过，至今依然有太多人还是只追求短期的利益，他们把生活在潘瓜纳的动物只当作是可以捕获的猎物。此外，这片雨林里有很多珍贵的树，比如桃花心木，它吸引了很多人来雨林里淘宝。这样的一棵树需要长一百多年才能有做木材的价值。这些人如果找到了一棵桃花心木，就会尝试用 50 美元甚至更低的价格把它从主人手里买来，然后再以好几倍的价格倒卖出去，最后它会被卖到欧洲，变成我们的窗户框。印第安人眼中充满魔力的美丽的吉贝树也会变成木材，最后被加工成胶合板。

莫洛通过多年如一日的付出，保护了我们的动物和植物。等潘瓜纳变成了正式的自然保护区，他的工作也会变得简单一些。住在几千米外的印第安人邻居也理解了我们的工作，答应我们会尊重这片土地。我们在计划中也考虑到了他们，作为对他们的支持的回应，我们也要保护他们在意的事物。这样一来，我们就能成为一个整体，长此以往会带来很多好处。很多人渐渐地意识到，如果森林被摧毁

1 公顷，面积单位，1 公顷等于 0.01 平方千米。

了，再重新恢复需要好几百年，有些物种可能就完全消失了。那时气候也发生了变化，很多河流也都会干涸。年轻人也许比老人们认识得更清楚。不过我很确定，我们能带来很多改变。潘瓜纳已经是模范性的研究站了，我们也一定可以让它成为一个出色的保护区。它不一定要成为巨大的自然公园，小块的土地也有它的意义。不过，我们也会一直努力扩大它的面积。

我们再一次收拾起了行李。这次待在潘瓜纳的日子快要结束了，我们又得回到普卡尔帕，接着翻过安第斯山，再到达利马。在利马，我还要办一件至关重要的事情。一想到即将要向着我们的目标迈进一步，我就觉得很兴奋。

一切都开始于这片雨林。在我生死之际，我和这些东西建立起了一种全新的联系。我明白了没有什么东西——尤其是我们的生命——是理所当然的。在那之后，我把每一天都当作是生命中的最后一天。具体来说，我从父母那里学会了不让争执过夜。

我也一直保持着从孩提时代就深植于心中的对大自然的敬畏。后来我才发现，并不是所有生物学家都是这么想的。我父母从来没有教授过我，他们只是把尊重自然的意识不经意地传递给了我。对现在的我来说，这是他们留下的最宝贵的财富。

虽然那段时间已经过去，但它依然影响着当下，而当下也同样影响着未来。雨林中的生物是如此的丰富多样，经过几十年的研究，我们才能窥其一二。在潘瓜纳，我们已经进行了将近半个世纪的科学研究，依然能有很多新的发现。有些同事花几周时间研究一段倒下的树干，发现了上百种新的昆虫。在我看来，把潘瓜纳建成自然保护区只是一个开始。我还有很多梦想，其中一个是找时间去研究站研究树冠。

我常常想，如果我父母能看到我们今天的成就该有多好。过了这么长时间潘瓜纳依然存在着，面积变大了不少，将来还要变更大；来自世界各地的科学家每年都会到这里进行研究，帮助我们更好地了解雨林的奥秘……他们如果能看到这些该有多好。我很确定，他们一定会很高兴的。我真真正正地接过了他们的遗产，并对未来有着清晰的规划。

我曾坠落于雨林中，而雨林也接纳、拯救了我，还赠予了我无数珍宝。它的未来也是我们人类的、气候的、星球的未来，像我这样与之有着强烈共鸣的人，永远也不会放弃对它的守护。

致　谢

我父母让我爱上了雨林和它无穷无尽的多样性，也是他们让我最后能在雨林里活下来。

我要感谢那五位伐木工人，是他们在将近十一天后在雨林里发现了我，并救了我。他们在我的新生命中有着至关重要的作用。马西奥·里维拉和阿玛多·佩雷拉把我带回了文明世界，我在这里写出他们两人的名字作为对其他人的代表。

亚里纳科查的夏季语言中心的医生们，以及他们的家人们，真诚地接纳了我，帮助我快速恢复了健康。我永远不会忘记他们的无私和热心。

如果没有伊迪斯·诺丁、盖比·亨尼西以及她们的家人，还有其他很多在利马帮助过我的朋友们，我不可能在坠机后这么快地回到原来的生活中。

我姑姑科杜拉·科普克在基尔接待了我，帮我顺利、快速地适应了德国以及学校的生活。她让我很快重新找到了一个温暖的家。

秘鲁的莫德娜一家人，尤其是莫洛，他的母亲多娜·丽达，他的妻子内利以及他的姐妹路兹、宝拉和吉娜，总是热心地为我提供帮助，毫无保留地把我当成家里的一分子来对待。潘瓜纳在四十年后的今天依然存在，全部都是他们的功劳。

从我小时候起，我们一家在利马的好朋友埃尔文·拉梅尔就热情地帮助着我们。他在我遇到的很多次的危急关头里帮我解了围，还在我和错综复杂的规章制度打交道时提供了很多支持。

恩斯特·约瑟夫·菲特考教授在慕尼黑指导了我关于蝙蝠的博士论文。也是因为他，我才能再次回到潘瓜纳，在那里度过大段时间。

沃纳·赫尔佐格导演带我回到了那片充满回忆的地方。他在电影拍摄过程中展现出来的谨慎和细致，让我能更加从容和自然地面对我的命运以及公众的各种反应。

我非常感谢齐格弗里德和玛格丽莎·斯托克对潘瓜纳的慷慨资助。如果没有他们的长期支持，我们把这个研究站改造成自然保护区的目标就不可能实现。

我的代理人，来自慕尼黑阿里阿德涅图书公司的克里斯汀·普罗斯克，以及马利克出版社的贝蒂娜·费尔德韦格和她的同事们，一直鼓励、支持着我，让我在这么多年后详细地写下了我的经历并将其出版。如果没有贝亚特·里吉尔特的细腻的出色的工作，就不可能有这本书。我们的编辑加布里埃尔·恩斯特对书稿进行了最后的润色。

我的丈夫埃里希分享着我对雨林的热爱，他是我力量的来源。他充满活力的鼓励和他的毅力让我一直坚持下来，没有放弃。

图书在版编目（CIP）数据

她的空难和她 /（德）朱莉安·科普克著 ；普贝琪译. — 北京 ：北京联合出版公司，2022.9
ISBN 978-7-5596-6384-9

Ⅰ. ①她… Ⅱ. ①朱… ②普… Ⅲ. ①随笔—作品集—德国—现代 Ⅳ. ① I516.65

中国版本图书馆 CIP 数据核字（2022）第 127051 号

北京市版权局著作权合同登记　图字：01-2022-0445

她的空难和她

作　　者：[德] 朱莉安·科普克
译　　者：普贝琪
出 品 人：赵红仕
责任编辑：龚　将
封面设计：王颖会
内文排版：高巧玲

北京联合出版公司出版
（北京市西城区德外大街 83 号楼 9 层　100088）
三河市兴达印务有限公司印刷　新华书店经销
字数 180 千字　880 毫米 ×1230 毫米　1/32　9.75 印张
2022 年 9 月第 1 版　2022 年 9 月第 1 次印刷
ISBN 978-7-5596-6384-9
定价：59.80 元